Backwards And Forwards:

A Technical Manual
For Reading Plays

大衛鮑爾
David Ball ——著

莊丹琪——譯

劇本筆記

讀劇必備的22堂課

獻給亞瑟・巴雷和麥可・林罕

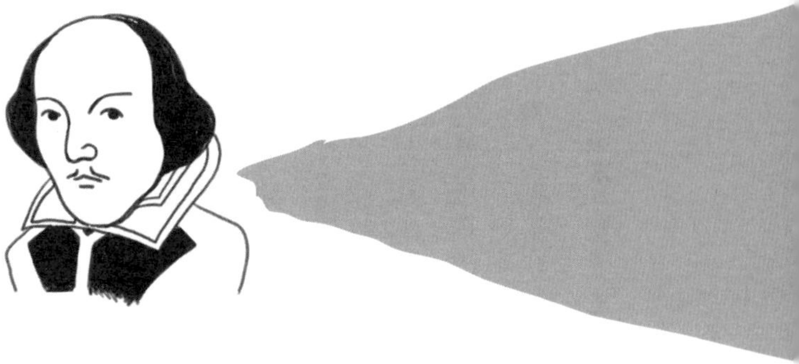

推薦文

記得多年前在一次學術研討會上，某位創作劇本的講者強調：編劇是無法教的，只能靠天分。當時我提出異議，解釋說，全世界的戲劇或劇場藝術系都開設編劇課程，甚至大學部有基礎編劇（Basic Playwriting），碩士班有進階編劇（Advanced Playwriting）。回到台灣的戲劇系的課程，當然也都有編劇課，這證明編劇這門藝術是應該在課堂上提供學生學習的。如果觀察台灣已出版的文學作品，不難發現小說、戲劇、散文與詩歌這四大類的出版數量當中，劇本的數量最少。然而台灣一年裡，傳統與現代劇團及各式比賽演出的劇本，保守估計，絕對超過三百部。然而，我們很清楚，台灣劇場界最欠缺的是編劇人才。由於劇團或參賽學校的編劇，泰半缺乏專業編劇訓練，因此完成的作品經常漏洞百出。

進一步來說，戲劇系大一的學生也會有劇本導讀的課程，教導學生如何閱讀、分析劇本。而劇場藝術工作者，如導演、編劇、演員、舞台美術、燈光音效等設計人員等，當然也得理解劇本的意涵，也得掌握閱讀、分析劇本的要訣，才能對戲劇文本做出最佳詮釋，在舞台上呈現給觀眾。相信大家閱讀劇本有個共同的現象：讀過之後的第二周，劇情會開始模糊，到了第三周可能就忘掉泰半的內容。即使觀賞劇場的演出或電影，也會出現同樣的困擾。可惜的是，在某校的劇本導讀課，居然是全班四十名學生，輪流把台詞唸完就結束，既不討論主題、人物，更談不上潛台詞與其他重要的編劇技巧了。這樣的教學說來實屬可惜。

大衛・鮑爾（David Ball）的這本《劇本筆記：讀劇必修的22堂課》，就是一本提供大眾如何閱讀、分析劇本的好書，無論是課堂上，劇場裡，還是自我進修都值得一讀。本書的特點是：一、循序漸進，環環相扣。全書包含三大部分：塑型、方法、技巧，構成環環相扣的22堂課。二、引用莎士比亞名劇《哈姆雷特》、《仲夏夜之夢》等重要對白，解析各式方法與技巧。三、提示每章學習的重點。

作者感歎歐美學生都不閱讀劇本，反觀台灣的學生，大多誤以爲弄懂情節概要就算讀懂了。事實上，戲劇文本是所有文類中最複雜者，必須精讀（close reading）全劇，反覆推敲，才可能尋找出適當但並非唯一的解釋或答案。經典作品的人物絕非通俗劇的類型人物那麼簡易掌握，她/他需要讀者仔細精讀，層層探索，方能克竟全功。

作者也一再叮嚀：「當你能掌握閱讀劇本的技巧之後，就沒有劇本可以難得倒你。而且你會發現，有技巧地閱讀劇本能帶來很特別的愉悅感受。這種讀法不會讓閱讀劇本變成令人厭煩的苦差事，更不至於囫圇吞棗，可惜的是，很多人都不知道。」這話說得好，何況，工欲善其事，必先利其器。聰明的讀者都知道該怎麼學習的。

台灣劇場藝術界最弱的是劇本，學好如何閱讀分析劇本，再來結合編劇藝術，才有可能創作出感人的作品。

石光生

臺灣藝術大學戲劇系教授

序

大多數的人在閱讀劇本的時候，會想像它在舞台上被搬演的樣子。我曾經有幸在英國伯明罕話劇團劇場（Birmingham Repertory Theatre）爲貝瑞·傑克森爵士（Sir Barry Jackson）工作，根據當時的觀察，其實不是所有的人都這樣。貝瑞·傑克森爵士除了是個有奇妙癖好的人之外，對英國劇場界來說，也是最後僅存的幾位重要資助者之一。他的做法反而是看著舞台上的演出，然後去想像這齣戲仍是文字的樣子。

最近我剛好有機會實驗一下這個奇妙的方法。我被邀請擔任劇作家諾爾·寇威爾（Noel Coward）的作品《開心鬼》（又譯《歡樂幽靈》*Blithe Spirit*）的顧問，這部戲已經被搬上舞台演出了，而我還沒有看過劇本。我親自完整地看完三場演出，非常努力去試著理解劇作家被隱藏或扭曲的原意；換句話來說，就是試著接近劇本的原始樣貌。我很驚訝地發現，用貝瑞・傑克森爵士的方法去理解劇本的原意，比起其他任何手段，包括大衛・鮑爾（David Ball）在這本非常實用的書中所提到的各種技術，都還要立即有效。唯一的問題是，貝瑞・傑克森爵士的方法，需要仰賴舞台上的演出。

《劇本筆記：讀劇必修的22堂課》凸顯出劇本不只是一種文學的表現形式，更是活生生的戲劇演出素材——有時候其中的結構特點甚至與樂譜相仿。文學和戲劇之間的差異其實非常巨大，一場演出的聲音、音樂、動作、視覺、整體氛圍等更多元素都等著從劇本的深處被挖掘出來，那是沒有辦法經由嚴謹的文學手段，例如劇本的閱讀與分析來理解的。閱讀本書，就像是窺探劇作家的工具箱般，翻找出他在造藝時的特殊器械。對劇本閱讀的新手來說，《劇本筆記：讀劇必修的22堂課》這本書所提供的技巧，不只有助益，更幾乎延伸涵括了各種層面。對進階者，即使是經驗十分豐富的老手來說，本書就像是更進一步探索劇本原始樣貌的指路牌和照明燈，讓未來的體驗可以更加豐富並且充滿個人獨有的感受。

麥可・萊亨

茱莉亞學院・紐約市・一九八二

目錄

第二部：方法

第三部：技巧

王變了臉色，心意驚惶，腰骨好像脫節，雙膝彼此相碰。大聲呼叫，將法術的和迦勒底人，並觀兆的領進來；王對巴比倫的哲士說：「誰能讀這文字，把講解告訴我，他必身穿紫袍，項帶金鍊，在我國中位列第三。」

《但以理書》5：6～7

普羅涅斯：您在讀些什麼呢，殿下？
哈姆雷特：都是些空話、空話、空話。
普羅涅斯：講的是什麼事，殿下？
哈姆雷特：誰和誰之間的什麼事？
普羅涅斯：我是說，您讀到的都是些什麼事？
哈姆雷特：都是些誹謗，先生……就拿您自己來說，要是您能夠像一隻蟹一樣向後倒退，那麼您應該跟我差不多老了。
普羅涅斯：（旁白）這話雖然聽起來瘋瘋癲癲的，倒是有一番道理在。

引言

這本書，寫給所有把戲劇搬上舞台的人：演員們、導演們、設計師們、技術人員們，以及劇作家們（也是爲了那些單純享受閱讀劇本樂趣的人而寫——如果他們同意劇本存在的意義是爲了被放在舞台上演出的話。但是本書主要還是寫給那些眞正在舞台上搬演劇本的人，其他人如果有看到，都只能算是剛好而已）。劇本並不是單純把散文式的敘事改成對話形式就好了，而是爲了舞台而存在，具備特別的寫作技巧和方法，高度費工的一種文體。

書中的種種技巧，可以幫助你以一種分析的方式，去看清楚劇本是怎麼樣**變成**

一**齣戲**的。戲劇的意義是什麼，其實不會是那些劇場藝術家或技術人員在規劃考量時的第一順位。對他們來說，如何讓一個時鐘轉動，比起知道時鐘顯示的是幾點鐘更重要。更何況，在理解劇本的運作方式之前，你也沒辦法先去找出它的意義。

做一齣戲，要從掌握戲的機械原理和核心價值開始。如果連你自己都搞不清楚，那就更別提怎麼讓觀眾理解，如此一來，你所有的努力都將是一場空。劇場是藝術家、技術人員和劇本的綜合體，只要遺漏了任何一部分，就沒辦法很有效地把劇場的一切整合在一起。

但是現在戲劇系的學生已經停止閱讀劇本了。雖然他們持續地看戲，有時候甚至也會「看著」劇本，但很少會去思考爲什麼。所以，去除了天分和複雜的訓練之後的演員們，什麼也做不到；舞台的各種設計師們雖然知道概念，卻無法完整掌握；至於寫劇本的作者們，更不可能明白爲什麼哈姆雷特父親的鬼魂，直到第一幕第五景之前都沒有說一句話，可一旦開口，他所說的卻成了幾十年來的經典；而導演們，導起戲來窒礙難行，再無其他。

劇場的藝術家們，從劇本上獲得的感受少，能放到舞台上的就少。這就是爲什麼有一群又一群準劇場人永遠默默無名、不成角兒，因爲在零的基礎上，無論怎麼加乘，表現出來的只能永遠是零。

本書要討論的是閱讀劇本的技術。所謂技術，並不一定總是受學生們歡迎，但是就像研究蘊含著高度技巧的表演、設計或導演手法一樣，用一種聰明且充滿想像力的方法來研讀劇本，也很能刺激靈感。不懂得任何技巧卻能靈光乍現——如果這種狀況有可能成立的話——根本就是神蹟降臨。所以如果你總是空手等著靈感找上門，那麼你會發現，當你愈是需要靈感，就愈是等不到它。

這本書只講技術。你必須自己先有靈感、夠聰明，再加上想像力，這些都是沒辦法教，也沒辦法訴諸文字，甚至很難被描述。但是技術可以讓這些要素成形，也可以幫助你渡過無法想像、摸不著頭緒，甚至一點靈光都沒有的那種困難時刻。

技術就跟各種其他好用的工具一樣，並不會局限你的成果。舉例來說，對一個好的劇本而言，所謂唯一的正解並不存在，但是把劇本讀出聲音來，卻能幫助你確認，你對劇本的詮釋是否合宜並且具備演出價值的。

劇本分析是一項重大工程——就跟在劇場中所要做的其他各種工作一樣。如果你在研讀劇本時，不但夠努力勤勉，還能掌握有效的技巧，你的市場競爭力自然相對提升。如果你是演員，便能出類拔萃、鶴立雞群；如果你是設計師，你能夠眞正地設計一座舞台，而不僅僅是個裝潢工匠；如果你是導演，製作人會因爲你的能力和價值而聘用你，做個名符其實的導演，而非協調瑣事的場務；如果你是一位編劇，你可以超脫繳交英文課作業的等次，進一步發現怎麼爲一群觀眾寫戲。

本書大量引用了莎士比亞（William Shakespeare）的《哈姆雷特》（*Hamlet*），先把《哈姆雷特》讀完，然後搭配這本《劇本筆記：讀劇必修的22堂課》一起閱讀。本書還引用了其他好幾本劇本，所以如果你對這些劇本不熟悉，當你在書中第一次讀到它們的時候，不妨就記下來當成延伸閱讀的作業。不要欺騙自己，不要跳過或假裝沒看到，因爲在你身後，多的是等待機會的人，只要你一鬆散，這些人就能立刻取代你在劇場中的位置（如果你眞的可以在劇場中占有一席之地的話）。

當你能掌握閱讀劇本的技巧之後，就沒有劇本可以難得倒你。而且你會發現，有技巧地閱讀劇本能帶來很特別的愉悅感受。這種讀法不會讓閱讀劇本變成令人厭煩的苦差事，更不至於囫圇吞棗，可惜的是，很多人都不知道。

關於術語

高潮（**climax**）、**戲劇起點**（**point of action**）、**結局**（**denouement**）、**衝突**（**rising action**）、**收尾**（**falling action**）、**骨幹**（**spine**），還有亞里斯多德（Aristotle）定義的**情節**（**plot**）、**角色**（**character**）、**思想**（**thought**），以及其他更多的專有術語等等，反映出各式各樣用來理解、接近劇本的手段。但是，要精準定義這些術語，已經很難取得共識，更別提要怎麼把這些術語代入劇本分析之中。這並不代表我們得將專有術語束之高閣，反而提醒我們，必須更加小心謹慎地使用這些詞彙。例如，高潮是指情緒波動最高漲的時刻嗎？是誰的情緒波動？觀眾的？還是劇中人物？或者有沒有其他可能性，像是戲劇行動逆轉了劇情走向的時刻？這兩種情況往往不會一起出現。如果沒有先定義「高潮」這個專有術語該怎麼使用，就試圖開始討論，只會造成誤讀和困惑。話說回來，即使我們給予高潮一個明確的定義，你也得懂得怎麼找到劇本的高潮處——這種時候你更需要精確的分析工具。

當你只看亞里斯多德的說法，戲劇就會很簡單地被分成情節、角色、思想這幾個原料，但這些代表的是分析出來的結果，並不是開始分析的第一步。換句話說，你僅僅知道要去找出這些原料來，但卻**不知道怎麼找**。本書就是要告訴你**怎麼找**。

一齣戲的情節，是由其他元素組合而成的產品。

角色——特別在非喜劇中——不是做劇本分析的開始，而是結束。在舞台上

（或現實生活中），角色是捉摸不定、來去飄忽的。要了解角色，必須仰賴各項環節的分析，各項具體、可觸摸掌握的環節。

至於思想，別妄想你能在還沒了解劇本組成的具體元素之前，就有辦法理解劇中的思想。本書將會談及這些具體的元素。

情節、角色、思想，以及其他種種的專有術語，拿來描述一個細緻的劇本分析結果，是非常有幫助的，但不代表靠這些術語就能做出細緻的劇本分析。

因爲每一個讀者必須形塑出對這些既有術語的定義，因爲大多數的專有術語呈現的是分析結果而非分析技巧，更因爲很多術語所能描述的狀態，都是模糊且難以捉摸的。本書則是非常謹慎、定義明確地使用這些專業術語。只要能夠理解這本書是怎麼使用、如何對待專業術語，及明白書中所描述的那些技巧就成功掌握了一半。

劇本分析是一種精準的手工藝。專有術語是你的工具，而你需要完全理解、駕馭你的工具的本質。如果你連鐵鎚和斧頭都分不清楚，要怎麼蓋房子？更別提你大概連棵樹都砍不倒吧。

第一部

塑型

1
是什麼推動戲劇進展？

「首先，好彼得昆斯，你來說說這戲吧……」

莎士比亞，《仲夏夜之夢》，第一幕第二景

戲劇本身，就是一連串的行動（action）。戲劇不是用來談論（about）行動，也不是用來描述（describe）行動。難道火是用來談論火焰的嗎？火是用來描述火焰的嗎？火本身就是（is）火焰，戲劇本身就是（is）行動。

不然，為什麼演員會被稱為行動中的人（actors）？

那麼，什麼是行動？從劇本分析的角度來說，行動是一種非常特別的存在，**只有當某個事件（event）造成或允許另一個事件發生的時候，才稱之為行動**。行動就是「兩個事件的發生」，並且必須是其中一個事件導致了另一個事件。某個事件造成或允許另一個事件發生。我放開了我的筆（半個行動），筆掉到地上（另外半個行動），當這兩個相關聯的事件被連結在一起，行動就出現了。

當我說：「你好嗎？」這是半個行動，而另外半個行動來自於你說：「很好，謝謝你。」由第一個事件導出第二個事件，兩者合而為一，才能算是行動。

往賓士車裡加汽油，不算一個完整的行動，車子本身的狀態（特徵）：如車型、機械結構、規格、顏色、魚皮座椅，也都不算一個行動。只有當賓士動了起來的時候——從某個地方移動到另一個地方，行動才算真正發生。

所以我們要理解的第一件事情就是，戲劇的「移動」是怎麼一回事。找出每個行動中的第一個事件（event），然後是第二個事件，再來是找出這兩者之間的關聯。在一段戲劇中，各種行動的連結，形成了所謂戲劇移動的旅程，順此到達終點只算獲得了一半的樂趣。一齣好戲就像是搭上頭等艙、享用免費香檳、有絕妙的旅伴同行，並且享受到頂級服務的旅行。至於爛戲，就像坐上了加爾各答的破爛巴士。但是不管好戲或爛戲，我們都必須理解其中各種事件的關聯，無論是從頭發展到尾，還是轉個方向從尾導回開頭。

試試吧！檢視《哈姆雷特》（*Hamlet*）的任何一場戲，找出它的旅程，找出是什麼樣的事件造成另一個事件，才讓戲劇能不斷推展？別想太多，開始就是了。

是什麼事件推動戲劇的不斷進展？如果在《哈姆雷特》的每一個場景中，你都可以回答出此一問題，那你就已經懂得比學校能教的、書裡能找到的還要多。而且可以說，你的能力已足夠讓你用自己的語言來掌握這齣戲。如果你打算用任何可能的形式參與這齣戲，而不只是默默地看看劇本而已，那這就是你必做的功課。

如果(1)我跑進你的房間大喊：「大樓失火了！」並且(2)你立刻拔腿逃命。這是一個行動。

如果(1)因為你逃命去了，而讓我有機會，(2)偷走你收藏的所有郵票。這是另一個行動。

如果(1)我偷走了你收藏的所有郵票，然後(2)賣了它們。這又是另一個行動。

我偷走了你所收藏的郵票，並不算是一個行動，要偷走並賣掉它們，才算形成一個行動。一個事件需要連結另一個關聯的事件。不然它要如何成為一齣戲發展的一部分呢？

一個事件少了與之關聯的另一個事件，少了影響或結果，如果不是這個劇本本身貧乏，就是（也更有可能是）讀者沒能完整掌握劇本。無論在生活中或舞台上，不構成關聯的事件都是不相干的。撇去生活的部分不看，一個充滿了不相干事件的戲劇其實很難搬演。

如果我的一舉一動，都造成你的進一步動作，可以說集合我兩人之力，一個行動就此發生。我朝你開了一槍，而你倒下成了一具屍體，這就完成了一個行動。所以你在閱讀劇本時的第一項任務，就是找出讓每個行動發生的第一個事件（開槍），然後是第二個事件（屍體），這個槍—屍的關係是永恆不變的，開槍後永遠都會有具屍體，反之亦然。

一個個瞬間，一個個片刻，從開始到結束，劇作家精心製造一連串的行動：開槍和屍體、開槍和屍體。全部找出來。

本章重點： 事件就是任何發生的事情。當一個事件造成或允許另一個事件發生，兩個事件就組成了一個行動。戲劇行動是一齣戲基本的要素。

2

接下來怎麼了？

「黑夜必在白天後出現……」

莎士比亞，《哈姆雷特》，第一幕第三景

每一次的開槍都導致一具新的屍體（每個事件都造成或允許了下一個事件發生）。那是一個行動。但是現在這具屍體，這第二個事件，變成另一個槍上的扳機：即一個新的行動的**第一個**事件。

第一個事件：哈姆雷特父親的鬼魂訴說他的恐怖故事（第一幕第五景）。第二個事件：哈姆雷特發誓要全力復仇。閱讀這場戲來探索這兩個事件的關聯。然後看第二個事件如何成為**下一個**行動的第一個事件（屍體如何變成扳機）。哈姆雷特報仇的誓言導向一個新的屍體：他要求他的同伴保守祕密。

下一個行動是什麼？第一個事件：哈姆雷特要求他的同伴保守祕密。第二個事件（哈姆雷特做的下一件事）：他以怪異的舉止對待奧飛麗亞。如果你發現了這個行動的第二個事件（屍體）是如何成為下一個行動的第一個事件（扳機）——也就是說，如果你能掌握，哈姆雷特對奧飛麗亞做出奇怪行為之後，他還能繼續做些什麼的話——你就在接近劇本核心的路上了。你還是有很多自行詮釋的餘地，但你不會離劇本太遠。

如果你能夠發現事件之間的關聯，你就能帶著我們一步一步、一個一個將相關聯的事件，將一個一個行動、一路到達劇本結尾的一堆屍體。但如果你沒辦法這麼做，那麼無論你多了解角色，或是劇本含義，或是佛洛伊德（Freud），或是世界觀，或是哲學，你都無法把這齣戲搬上舞台。而且很不幸地，的確沒有人這樣嘗試成功過。

試試做個實驗：立起一個骨牌，然後在它旁邊再立起一個骨牌。推倒第一個骨牌，如果安排精巧，它就會將第二個骨牌推倒。

一齣戲就像一連串的骨牌：一個事件觸發下一個，以此類推。

一開始用這樣的方式閱讀劇本是有困難的，就像學習開一輛標準手排車。但是學著開出第一檔本來就不是一件簡單的事，只有練習才能學會每個技巧。別以為你有才華能夠作弊，跳過這第一個步驟。這是基礎。

細想一下骨牌。我衝進你的房間大喊失火了，你在驚慌之中逃跑。我拿了你的集郵收藏，並在當鋪把你的收藏典當之後，換成了現金。我把現金拿給醫生作為我的孩子的手術費，醫生動手術……然後一直這樣下去，直到最後一幕的一堆屍體或是一場婚禮。

有的時候骨牌的路徑會分裂變成多條路徑（一個扳機同時導向兩個或更多的屍堆。）面對這樣的情形，你不需要感到困惑，只要你能夠檢視不同路徑上的每一個骨牌，認出每個相接的骨牌之間的關聯。用這樣的方式分析，沒有任何複雜的劇情能夠打敗你。

關鍵是**相接的**骨牌：每個骨牌碰撞向一旁的下一個骨牌。絕對不要跳過任何一個步驟。如果你無法找出一個骨牌和下一個骨牌之間的關聯（一個骨牌為何或如何讓另一個骨牌倒下），那麼要不是劇本寫作上有問題，就是你的解讀發生問題，兩者都有可能，但至少可以知道問題的所在。那是解決問題的第一步。

依序照著一張張骨牌的分析方式，會幫助你避免對劇本做出誤導的選擇。例如，好幾個世代以來的評論者好意地聲稱哈姆雷特無法做出任何行動。然而按照一張張骨牌的方式檢視前兩幕，就會發現哈姆雷特發動了比起大多數人一年內能夠處理的還要更多的直接行動。這種評論對莎翁來說是多大的侮辱啊！莎士比亞（**Shakespeare**）會想要他的觀眾花好幾個小時看一個角色什麼也不做嗎？因為這是一個沒有能力做任何事的人才會做的事：什麼都不做。

要是那些評論者知道你現在知道的事情，他們就會理解哈姆雷特幾乎做了所有的事，**而不是**什麼也不做。按次序的分析戲劇行動是一道通向戲劇的門，也是不錯誤解讀戲劇的保障。

本章重點：一個戲劇行動是兩個事件的結合：一個扳機（觸發點）與一具屍體（結果）。每個結果都會變成下一個行動的觸發點，所以一連串行動像骨牌一樣，一個接著推倒下一個。依次序的分析，就是從戲的開始，一張骨牌接著一張，直到結尾。

3

情節回顧

「聽我的話吧，你們這些倔強而無力的可憐蟲……」

莎士比亞，《馴悍記》，第五幕第二景

我可以走進你的房間，但我不需要大喊失火了。我反而可以捅我自己一刀，或踢我自己的腳趾，或讀一本書，或是讚美你的鞋子。那就是所謂的自由意志。就算我大叫失火了，也不需要預設你會逃離房間。你可能會把你的集郵收藏丟出窗外以保住它們，然後打電話給消防隊。

只**順著**劇情中的事件順序來推演、檢視那些骨牌，會讓一切都變得太武斷。你(1)走進一家書店，(2)找到戲劇類書籍的書櫃，(3)拿起這本書，(4)付錢，然後(5)離開。但你大可以(1)走進一家書店，然後(2)找到糖果櫃。或是你也可能(2)看到這個地方充滿了書，然後(3)苦惱地逃跑。就算你已經拿起了這本書，你可能會將它偷藏在你的道德學作業底下帶出去，而不是去付錢。然後你可能有辦法逃過一劫，或是你可能會被抓到。生活繼續，劇情向前**推進**——但從來都不在預料之中。

只有當我們回過頭來檢視事件的時候，才會發現並確定，骨牌是如何地倒下，哪一個倒在哪一個上面。實際上，你(4)站在櫃檯前付書錢，在(3)你找到這本書之後。

以向前推演事件（forwards）來檢視劇情，將有許多無法預料的可能性。

藉向後回顧事件（backwards）來檢視劇情，將會發現真正推進劇情之所需。

每個當下都需要並且也揭露了一段特定的過去。一個特定的可辨認的事件馬上被放在其他事件之前。但誰能說得準接下來會發生什麼事呢？任何事都可能發生。下一秒你看到事情可能是另一個段落，或是一個從火星來的矮小男人。在你能夠回顧之前，什麼都無法確定。

以回顧的方式檢視劇本，可以保證你對劇本的理解不會有漏洞。當你發現一個無法與之前事件連結起來的事件，你會知道若不是自己的解讀有問題，就是劇本有問題。

試著用回顧的方式解讀《哈姆雷特》吧。不要抱怨這種解讀方式太困難或是太浪費時間；如果劇場工作是容易的，那麼在劇場取得成功就不會成為了不起的事了。

讓我們從第五幕的最後頭開始。這堆屍體是從哪裡來的呢？先來看其中一具屍體吧，例如那個身上有刀傷、頭上皇冠歪斜的屍體，他一定曾經是國王。克勞帝死了，這是一個倒下的骨牌。是什麼讓這張骨牌倒下？不是「是什麼讓骨牌一直倒在這裡」，而是「是什麼讓骨牌**現在**倒下了」。是哪一個骨牌和它前後相接？難道不是哈姆雷特嗎？但是哈姆雷特**剛剛**發生了什麼事？

哈姆雷特身上發生了很多事，但只有一件事情是剛剛發生的。在這麼多事情之中，例如，有一位鬼魂和哈姆雷特說話，但那是好幾幕之前發生的事情了。然後哈姆雷特曾經和海盜打鬥（對一個無法行動的角色來說還不錯），但那也是好久之前了，讓哈姆雷特倒向國王的骨牌不是海盜也不是鬼魂。一張骨牌就只能夠倒向它的下一張骨牌，別無選擇——就像真的骨牌一樣。

尋找那張相接的骨牌。別略過任何東西。

在哈姆雷特刺殺克勞帝之前的那張相接骨牌是什麼？是在雷歐提斯的那段話之中嗎？

哈姆雷特，你就要死了，
沒有藥能救得了你，
你活不到半個鐘頭了。

（第五幕第二景）

這場戲是多麼驚人地清楚啊！不可能有人會對這一段感到困惑！[1]怎麼會需要用到令人費解的分析或哲學呢？在二十五個字裡面，哈姆雷特清楚地被告知三次他即將死亡。但這還不是相接的那張骨牌：它離哈姆雷特刺殺克勞帝的時間點太遠了。如果觸發的骨牌是哈姆雷特知道他自己即將死亡，他當下就會刺殺克勞帝了。但是他沒有，他還沒有得到這個行動的信號。幸好雷歐提斯繼續說：

那殺人的凶器就在你的手裡，
它鋒利的刃上還塗著毒藥。這奸惡的詭計已經回轉來害了我自

【1】指原文的二十五個字。

己；

瞧！我躺在這兒，
再也不會站起來了。

（第五幕第二景）

不需要註解也能理解雷歐提斯快要死了。但此時，哈姆雷特還沒殺克勞帝，我們還是缺乏那張讓哈姆雷特成為弒君者和復仇者的骨牌。雷歐提斯繼續說，還是沒有骨牌開始動搖。懸念攀升：骨牌永遠不會倒下嗎？

你的母親也中了毒。
我說不下去了。

（第五幕第二景）

現在就連最沒鑑賞力的觀眾都知道，如果雷歐提斯再不多說點什麼，就不會有更多的骨牌了——因此，也不會有屍體。但是現在骨牌來了，清清楚楚，莎士比亞一如既往地將它交給我們，替我們引爆。雷歐提斯說：

國王——國王——，都是他一個人的罪惡

（第五幕第二景）

正是在那一刻，而不是之前，哈姆雷特做了他一直以來都差點出手做的事情：他殺了國王。殺戮的行動一直等著那張對的骨牌，在前面每張對的骨牌倒下之前，這張骨牌都不會倒下。由此一路**回到**開始。從這堆屍體開始回顧，我們就能夠輕鬆地找到這些原本令人無法想像的骨牌。

試試看。是哪張骨牌倒下讓雷歐提斯說了前文所引的話？（**「哈姆雷特，你就要死了」**）是因為他受了致命傷嗎？而又是哪張倒下的骨牌讓他受了致命傷？你可以開始表演、導演、設計雷歐提斯這個角色，只要你知道怎麼樣一路追蹤他的骨牌，回溯到他在這齣戲發生的第一個事件為止。在你可以這樣研究哈姆雷特以前，你都不算真正理解這一齣值得研讀的劇本。

在《哈姆雷特》中，很少有什麼東西是一般十五歲青少年讀不懂的。試著去證明它吧！謹慎地步上那些智者、前輩曾經走過的地方：親自研究哈姆雷特。以回顧的方式來研究哈姆雷特，一張一張骨牌，一個一個信號，一個一個行動分析，一個一個突如其來的事件，慢慢分析他的行動真的開始的時間點：鬼魂驅使他去復仇（第一幕第五景）。

毫無疑問地，由於這齣戲的複雜性和深度，你可以不需要任何注解，就能完全理解這齣戲。你能夠透過莎士比亞提供的清楚而簡單的步驟，游刃有餘地去了解這齣戲的每一個部分。

但是記得：別跳得太快。找前一個**相接的**骨牌，千萬別錯過關聯性。哈姆雷特不是因為鬼魂在第一幕第五景時和他說的話，而殺了克勞帝。哈姆雷特殺了克勞帝，是因為雷歐提斯在殺戮的行動之前那一刻所說的話。生活和戲劇就是建構在這些相接的地方上。

本章重點：當你要以回顧的方式分析劇本時，依序解析每一個行動是最有用的：從戲劇的結尾到開頭。這是你能夠了解為何一切會發生的最佳保障。

4

靜止和擾動

「我偏不離開這個地方！隨他們鬧去！」

莎士比亞，《仲夏夜之夢》，第三幕第一景

靜止（stasis）就是沒有動作：一個各種力量彼此平衡的狀態；一種靜止不動；一個不變的穩定性；一個所有力量互相平衡而導致沒有動靜的狀態。

擾動（intrusion）是一股推力、刺入，或強迫進入。

在一個劇本的架構中，骨牌就像是原子。現在讓我們退一步將視野從原子擴展到星球。

一齣戲的軌跡標記出一個世界的運行。這個世界可能是位在丹麥的皇族城堡，或是垃圾堆的頂端，或是動亂的蘇格蘭，或是三強分裂鼎立的英國，或是喬治和瑪莎位於大學城的家中客廳，或是瘟疫肆虐的底比斯。

一開始，劇作家呈現了一個**靜止**的世界。

《哈姆雷特》敘述的是很久以前的丹麥，場景在國王的宮殿中。那裡有一位叫哈姆雷特的王子。因為他的父親剛去世，而他的母親又很快地改嫁，所以他很不快樂。那是一個靜止的狀態，沒有任何事情正在改變。每一個牽涉其中的力量互相平衡，由此產生了一位自滿的新統治者、一位憂鬱的王子，和一位擔心的母親。他們之中沒有一人有足夠的理由去改變任何事。這是絕對的靜止狀態——但是有什麼東西在前方等著呢。

《伊底帕斯王》（*Oedipus Tyrannos*）敘述的是年代久遠的希臘底比斯，場景在國王的宮殿外。國王在宮殿裡，大概和他的妻子正熟睡；外頭的平民正在瘟疫中受苦。那是一個靜止的狀態。當瘟疫達到無法忍受的地步，迫使平民們哀嚎著求救，這個世界還是靜止的：沒有改變的動機、理由，或信號。這是絕對的靜止狀態。

《馬克白》（*Macbeth*）敘述的是很久以前的蘇格蘭，場景是一個忠誠的貴族領主勇敢地在戰爭中為他的國王效命之後，正走在回國接受表揚和獎賞的路上。他對國王和法律的忠誠使他恭敬地控制住自己的野心（也就是**平衡**）。我們正處於安全、謹慎的靜止狀態之中。

《李爾王》（*King Lear*）敘述的同樣是古早之前的英國，場景在國王的城堡裡。年老的國王準備要退位，已計劃好將他的國土劃分為三個領地授與給他的三個女兒，好卸下肩頭重擔。一個公開的盛典已為國王準備好，他的三個女兒將在此典禮中展示自己是多麼地忠實於父親。那是一個靜止的狀態。排除了所有不可預料的事情，維持一個可預料的、不變的狀態：靜止。

當李爾王的女兒克勞蒂亞，被問到她如何表達對父親的愛，她回答：**「我沒有什麼話說，父親。」**（第一幕第一景）靜止的狀態被打破了。李爾王先是困惑，然後受傷，接著憤怒；在他憤怒的時候，這齣戲便開始推進了。

你坐在你的房間閱讀。你時不時瞄一眼你珍貴的郵票收藏，你心裡知道這麼做就能守著郵票不被我奪走，進而感到安心。這是靜止的狀態。

一齣戲開始的時候，所呈現的世界是在靜止的狀態。偶爾，在戲開始之前，這個靜止的狀態會提早被打破，但即使是這樣，我們也會知道原先靜止狀態的樣貌。我們知道女巫被發現之前的塞倫（譯注：英國地名）生活是什麼樣子的。如果我們不了解原先的靜止狀態，女巫的出現就不會給人一種擾動的感覺。同樣地，一齣戲要能夠開始搬演，必須要產生某種擾動。

在每一齣戲之中，都會有某件事或是某個人出現並且打破靜止的狀態。一個鬼魂說你的父親被你的叔叔——也就是如今的國王克勞帝——殘暴地謀殺了。一群平民在宮殿階梯前哀嚎著，要你讓底比斯的瘟疫消失。三個女巫繞著一個大釜，一邊跳舞一邊胡言亂語，叫你考道伯爵（譯注：英格蘭的王），向你歡呼著：馬克白！將來的國王！你最愛的女兒克勞蒂亞，不願意隨著她虛假的姊妹們（說了一連串誓言表示她們有多麼愛你到言語無法形容的地步），同樣滔滔不絕地作一番她是「多麼地更加愛你」的演說。有個人闖入你正安坐閱讀和注視著郵票的房間；他大喊：「失火了！」

在每個例子中，那個擾動都是行動開始的響鐘。我們開始了！靜止的世界──不動的、不變的、了無生氣的──震盪成一個行動。

你安全地坐在後院舔郵票：靜止的狀態。突然一隻巨鳥飛撲下來，用爪子攫住你，抓著你飛到地平線之外，然後把你丟到海裡。你為了活下去拚命游泳，抵達岸邊，搭便車回鎮上，然後……你解決一連串的事件後，終於回到了家，從指使大鳥來的惡魔手中奪回郵票。你立起一道高過頭頂的圍欄來阻擋大鳥進來。**靜止的狀態被重新建立了**。這是每一齣戲的目標，不論這個重新建立的靜止狀態是一個新的狀態，或是和之前一樣。當一場戲中的主要力量已經成功達到目標，或是被迫停止嘗試任何行動時，靜止狀態就會在這一場戲的收尾出現。

哈姆雷特聽到鬼魂說的話之後，就對回到原本的靜止狀態毫無興趣（沒有行動的憂鬱）。把這齣戲說成是一個關於憂鬱的男人，這是一個極嚴重的誤讀。只有開頭的靜止狀態是關於憂鬱的。**擾動通常改變了所有能被改變的事情**。於《哈姆雷特》中，在第一幕第五景鬼魂說的那段話之後，就幾乎沒有任何一句台詞暗示哈姆雷特是憂鬱的。然而好幾個世代的評論家都從開頭靜止狀態的角度來看待整齣戲，然後以憂鬱去發展整齣戲（「精神憂鬱」）。這就是因為他們不懂得戲劇結構！鬼魂（擾動）以一個驚險的步調推動哈姆雷特猛然進入行動，從事戰鬥之後，就沒有無精打采憂鬱的空間了。一整晚憂鬱的哈姆雷特就像一整晚都沒有行動的哈姆雷特一樣，缺乏戲劇張力，觀眾也會一樣憂鬱。

讀每一齣戲，都要詳細檢視靜止狀態中的世界和行動中的世界有什麼差別。這個差別能夠點出帶動整齣戲的力量，也確保你避免落入憂鬱。

先有靜止狀態，之後才有擾動——然後戲中世界的所有元素，就開始像齒輪一般轉動。具有高度能量的每一股力量彼此抗衡，直到出現新的靜止狀態。

擾動靜止狀態會是一個事件（參照第一章），一個促成另一個事件發生的事件。因此，形成行動。一個或多個角色試圖使事情恢復正常。你(2)衝出房間自救，在我(1)大喊「失火了！」之後。李爾王試圖建立新的靜止狀態，於是放逐克勞蒂亞，並且把領土一分為二，授與剛乃綺和瑞干，希望可以自此快樂生活下去。

如果你或是李爾王在第一次的反應中，就成功地處理劇中的擾動，這齣戲就結束了。我偷了你的郵票，而剛乃綺和瑞干對李爾王也有其他的計畫。所以你和李爾王必須再試一次，然後戲可以繼續下去，一張一張骨牌被推動，直到角色們終於成功，或是再也無法嘗試，或是被打敗。劇終。

有的時候角色想要的不是一個新的靜止狀態，所以戲不會結束。女巫們推動馬克白開始行動；他努力建立一個讓自己滿意的、新的靜止狀態：得到王權。但結果卻完全沒有導向靜止狀態；他必須走得更遠。正在運作的力量必須改變方向，找回新的靜止的狀態——而戲繼續下去。

記住步驟：靜止、擾動，然後擾動開啓了一場爲了建立新的靜止狀態的搏鬥。

找出擾動發生的那一刻，並從那一刻開始追蹤骨牌。了解那些力量、能量，那些被擾動而脫韁的核心行動是如何推動戲劇進行。了解這場搏鬥的目標：找到新的靜止狀態。

這些步驟會讓你的觀衆免於看見一個憂鬱的丹麥王子四個小時，或是整整兩個小時盯著一個蘇格蘭領主，無法理解為什麼他在奪權之後仍然充滿野心地垂涎權力。

如果什麼事情都沒有發生，一切如常，這就是戲劇中的靜止狀態（dramatic stasis）出現的時候。

戲劇中的擾動（dramatic intrusion）發生之後，就會釋放所有這齣戲之中無法抵擋的力量，戲自此開始推動。

當你開始認為哈姆雷特（以及李爾王、伊底帕斯、海達[2]、威力．羅曼[3]、羅密歐、被丟到海裡的你、馬克白）被一股不可抵抗的

【2】易卜生（Ibsen）《海達．高布樂》（Hedda Gabler）中的主角。

【3】亞瑟．米勒（Miller）《推銷員之死》（Death of Salesman）中的主角。

力量驅動，你可能會懷疑，他怎麼可能在第三幕中又開始陷入憂鬱甚至想要自殺。你可能會因此而無法相信「生存還是毀滅」（第三幕第一景）是一句關於自殺的獨白。你甚至會發現這根本不是獨白，哈姆雷特知道他在對誰說：普羅涅斯和國王。

直到第三幕第一景，哈姆雷特都沒有理由自殺，我們知道他不再憂鬱了。但是克勞帝和普羅涅斯並不知道，哈姆雷特自己也很清楚這一點，所以哈姆雷特相信，他們會輕易地相信自己已經瀕臨崩潰。

用你的骨牌理論找出為何哈姆雷特要**假裝**思索關於自殺的事。第一步，問自己是哪一件事情讓哈姆雷特會在這個特定的時間來到這個特定的地點。（雖然大部分的人看不出來，但這是顯而易見的。第三幕第一景中，克勞帝說：「**我們已經暗中差人去喚哈姆雷特到這兒來。**」）如果哈姆雷特知道他是被刻意叫來的，如果他知道普羅涅斯是一個高明的間諜（他真的知道嗎？他是怎麼知道的？是在哪裡被發現的？），那麼這段著名的獨白根本就不是獨白。這是哈姆雷特巧妙地操縱，他知道自己正被人監聽，因此哈姆雷特設計克勞帝來幫助自己重建這個世界的靜止狀態，修復在第一幕第五景被鬼魂的一句話弄得天翻地覆的世界（鬼魂揭露了丹麥這個國家內部的腐敗）。

照你自己的意思來詮釋他的計謀，只要你不把「生存還是毀滅」誤認為是對於自殺行動的消極干擾。從架構上去分析靜止與擾動，就能看出這句話不是這個意思。為何這個普遍被認為是莎士比亞劇本中最聰明的角色哈姆雷特，會愚笨地說死亡是**「旅客一去不復返的異鄉」**？難道哈姆雷特忘記他在第一幕第五景中看見了誰嗎？

關於一齣戲，絕對不要接受任何老生常談或是深奧的見解。你是一個藝術家；發展你自己的見解。這不是要你標新立異，或是扭曲劇本原本的樣子。意思是說，要能夠掌握分析劇本的技巧來幫助你得到自己的結論，能夠啓發這齣戲，而不是違背這齣戲的結論。

檢視最喜歡的十個劇本。找到每個劇本中一開始的靜止狀態，然後是擾動，接著是辨明驅動這齣戲從擾動到最終結尾靜止狀態的那股力量。

劇本不會繞路，不可抗拒的力量也不會。啓動的力量能夠帶著劇本穿過黑夜，絕不允許繞路。對於相抗衡力量之間的衝撞與衝突保持敏銳度。如果你不這麼做，你會害觀眾席中可憐的大家睡著，而他們唯一的錯就是相信你能夠讓他們對於劇作感興趣。

本章重點：劇本一開始所呈現的世界現狀，就是靜止狀態。擾動是打亂現狀的某件事，造成或釋放構成這齣戲衝突和推進的力量。當力量不再互相衝突，就達成新的靜止狀態，然後戲劇結束。

5

困難和衝突

「嘿！貞德，你怎麼會這樣倔強？」

莎士比亞，《亨利六世》第一部，第五幕第四景談論劇場、書寫劇場，或是做戲的人，彼此之間其實很少有共識。但還是有一件大家都同意的事：「戲劇，就是衝突（conflict）！」我們都為了這少有的一致同意而落淚，然後我們再回頭爭吵《一報還一報》（*Measure for Measure*）到底是不是一齣喜劇。

但是什麼是衝突？這個詞太常被使用，以至於我們忘了去檢視它的意義。那會導致草率的劇本分析。衝突是戲劇的核心，所以我們必須釐清衝突是什麼。

更具體地說：什麼是**戲劇衝突**（**dramatic conflict**）？它不是一般所謂的某事跟某事發生衝撞。它是一種特定的互動，深深扎根於真實的人類行為，不可分割。衝突的本質簡單到很多讀者都沒注意到，或是他們以為是別的東西。

戲劇衝突的歷史起源，簡略版

一個古希臘人在一個典禮上向一名亡故的戰士／統治者表達敬意，和希臘歌隊一起說著讚美的話語。「噢！神啊！」歌隊們吶喊著。「沒有了勇敢的佩斯特寇，我們該如何生存！他平定了北方的游牧民族，他打敗了海上掠奪的船隻，他……」然後一直這樣說下去，直到連無聊的雅典人都不再聆聽為止。「噢！佩斯特寇，潘特寇之子，佩德索之子，……」吟唱還在繼續。

至此都沒有戲劇衝突，因此，沒有戲劇。

即使歌隊在觀眾面前吟唱，即使他們在說一個故事（「噢！佩斯特寇！你在狂風暴雨的夜晚騎著馬，揮著你強而有力的劍，砍下了蒙古野人的頭」），即使他們盛裝打扮，即使一個勤勞的雅典人畫了有柱子、花環和樹葉的背景，然仍是沒有戲劇存在。即使歌隊在最後向觀眾鞠躬並接受掌聲，還是沒有戲劇存在。**因爲缺乏了最基本的要素，所以戲劇不會存在**。只因為狄斯比斯（Thespis）第一個站到歌隊前面，而認為他是第一個演員的人，真的搞錯重點了。其中仍然少了什麼，一件從頭開始塑造出整齣戲的核心關鍵事件。讓我們看看《仲夏夜之夢》（*A Midsummer Night's Dream*）之中的角色斯諾特，如何帶領我們更加靠近戲劇的核心：

在這一齣短劇裡，
我名叫斯諾特，**扮演一朵牆壁**，
願你們發揮想像力，想像我這朵牆壁，
上面有個洞，或一條縫，
皮拉摩斯與提斯壁這對戀人，
常常透過這縫隙祕密地小聲私語。

這土壤，這水泥，這石頭，
都表明了**我即是那垛牆**；事實也是如此。
（第五幕第一景；粗體為作者所加）

有別於諾斯特，古希臘人悲嘆讚美死去的佩斯特寇的時候，並沒有把自己假扮成別人。這偉大的創新不只是站到歌隊前面獨自說話而已。**這偉大的創新是扮演他人**。狄斯比斯是在假扮為佩斯特寇之後，才成為演員。他身上的衣服是在讓觀眾以為他是佩斯特寇之後，才成為戲服。畫好的背景只有在用來代表舞台之外的地方的時候，才會成為「布景」，例如佩斯特寇擊退野蠻入侵者的海邊。

毫無疑問地，這是演員向觀眾所提出的要求，而在這個要求之中蘊含戲劇的根基：「請你們假裝我就是佩斯特寇，我穿的是他的長袍、他的斗篷，而這是他曾打鬥過布滿血跡的沙灘。」

當狄斯比斯站到舞台下然後說：「我是佩斯特寇。」那是一大步，是聰明而困難的嶄新的一步，因為將自己假扮為別人，需要一些絕對不變的條件。

其中最重要的條件是可信度。你必須盡可能不要提醒觀眾，你事實上你不是這個你所代表的角色。扮演一隻獅子的時候，如果你的臉一直從面具裡露出來，觀眾會一直被提醒，你不是一隻真正的獅子。

扮演他人的時候，你必須詮釋可信的人類行為。如果你做人類（或獅子）不會做的事，觀眾不會相信你的扮演。你的偽裝就失敗了。長久以來，好幾個世代各種程度的演員都在嘗試達到可信的表演，即使是程度最差的演員，**維持扮演、維持假裝**，都是劇場業界的最高準則。

這跟衝突有什麼關係？看看這個：戲劇中的角色說很多話。說話

（talking）是一齣戲最普遍的活動。說話幾乎傳遞了所有我們對一齣戲的了解，包含它的人物、它的推進。當然，所有這些說話的動作必須以一個能夠持續扮演、持續假裝的方式出現。所以劇作家試圖在角色的說話方式之中反映可辨認的人類行為。劇作家可能增強語言，或減弱語言，或拆解語言，或是讓語言盡可能地不自然，但是因為他們想要維持而非削弱扮演狀態，他們總是試圖以說話呈現可辨識的人類行為。

說話與人類行為有什麼關係呢？**一個人會用說話來得到他或她想要的**。

那就是戲劇語言（dramatic language）的關鍵，是一種和詩歌跟非戲劇文體都不一樣的語言。

這也是一個孩子學說話的關鍵。幼兒學習單字作為控制他們周遭環境的工具——**得到他們想要的**。也許長大成熟，不過就是學習一種比大吼大叫來得到想要的東西更好的方式。當一個孩子憤怒大哭，或是一個成人吟誦詩句：「我向你請求，溫柔的人。」他們的目的都是為了想要什麼。

一個角色的欲望，會促使他說話。一個人想很多事情但不說，或者一個人會根據他想要什麼，從很多正在想的事情之中，選擇性開口。

換個說法：如果你什麼都不想要，你什麼都不會說。

不是所有戲劇中的事情都反映著真實生活，但的確會反映出。一個在說話的角色就是他想要某些東西，不然就不會說話。這個人類本性中的普遍要素是所有戲劇的基礎。

說了這麼長一段，就是為了準確地帶出一個事實：所謂的普遍性並非以美學而是以存在為根據，因為戲劇牽涉到扮演，而扮演必須避免明顯不可信；沒有欲望動機的語言，就是明顯不可信的。

所以，一個糟糕的編劇一旦坐下來寫，那些可憐的演員就得朗誦像這樣的句子：「如同你所知道的，你是我的哥哥。」這些是被硬塞進演員口中的句子，代表了**編劇**的欲望（向觀眾透露資訊），而不是**角色**的欲望。

我是否想要什麼東西決定了我是否說話，我想要什麼東西決定了我會說什麼。不懂這點的編劇，會寫出無盡的喋喋不休。不懂得這點的演員，會把緊湊精簡的戲劇演得鬆散嘮叨。不懂得這點的舞台設計人員，會把劇場變成吊掛裝飾品的地方。不懂得這點的導演，則應該要被處以吊刑。那絞刑台可能整年都會人滿為患。

困難（obstacle）就是任何阻擋我得到想要的東西的障礙。我想要得到東西，和阻擋我得到東西的障礙（困難），兩者互相作用，創造出戲劇衝突。

戲劇衝突和其他種類的衝突不同。小說中的衝突可能是自由意志

與命運的對抗，一首詩中的衝突可能是青春與衰老的對抗，或是城市與國家的對抗。但一齣戲的衝突在於一個人的欲望，以及阻礙其欲望的障礙：也就是所謂的困難。

我想要什麼東西決定了我是否說話。更精確地定義，我要說什麼取決於我想要什麼，以及是什麼阻礙了我（困難）。我說出我認為能夠最有效地排除或避開困難的話。

嬰兒口渴了，他想喝水。困難：離他最近的水在他沒辦法到達的房間的另一端。為了克服困難，這個小鬼尖聲大叫：「哇哇！」或是「媽媽！」三十年後他能夠比較清楚地表達：「約翰走路紅牌威士忌，加冰和一捲果皮。」在這兩個例子中，困難都以說話的方式被解決了。

對於一個角色為何思索某事，是永遠都了解不完的。你必須了解這句話**爲何被大聲地說出來**。角色想要什麼（**動機**）？是什麼阻擋了他（**困難**）？

很不幸地，困難很容易被忽略。演員記得動機但忘了困難。然而動機若沒有與之相抗衡的充滿能量的阻礙力量，就會造成台詞被鬆散、機械化、平淡地說出口。沒有相抗衡的力量意味著沒有戲劇衝突，意味著那一場戲不存在，無論演員又做了什麼別的事情。一場九十五比二十七的籃球賽，其最後兩分鐘就像是沒有遇到困難的動機：不值得看。

導演也會忘記困難。所以整齣《哈姆雷特》的製作，都沒有暗示為什麼哈姆雷特不在一開始的第一幕第六景就刺殺克勞帝。

舞台設計不只忘了困難，也把動機給忘了。所以馬克白的城堡被設計得憂鬱、黑暗，像死亡一樣充滿不祥的預感。只有駑鈍的鄧肯才會一邊敷衍地稱讚這個城堡看起來是多麼溫暖熱情，一邊傻傻地走進去。這種設計錯誤源於只解讀基調和大致印象（「氣氛」），而不去解讀明確的人類行為。

你無法眞的認識一齣戲，除非你了解角色說的每個字每句話，都是爲了克服困難並得到想要的東西。也許角色的困難與動機是具有重大含義的（李爾王想放棄他的國土），又或者是很瑣碎的，但除此之外，沒有其他原因會使角色說話。遵從這個簡單的原則，就能從許多年輕編劇的劇本中，刪去一大半的文字，然後或許就有人能夠搬演出他們的劇本了。

困難可能是任何事，通常它源自於別人想要的東西。（動機：我想當國王；困難：你想繼續當國王。）困難也可能來自於當下的情況，或是一個人的自身缺陷或擔憂，或是機會和命運。在任何情況下，我都必須願意與困難奮鬥。如果我不願意，我什麼都不做——就沒有行動。觀衆就睡著了。

我愛你（動機）。你覺得我是個怪胎（困難），所以我說了些什麼試圖改變你的態度。（「想搭我的賓士車去兜風嗎？」）

你急需一份工作（動機）。面試官要在三十個面試者中選擇一位（困難），所以你試圖讓面試官印象深刻。（「我以前做過這樣的工作。」）

傑克再也受不了吉爾了，於是希望她離開。傑克的困難：吉爾絕對不會獨自離開。所以傑克企圖說一些話來擺脫她。（「走開！」或是「我得了蕁麻疹。」）

一齣戲只給結果：那些被說出來的話語。你必須釐清導致「想搭我的賓士車去兜風嗎？」或是「我有蕁麻疹。」的動機和困難。

即使是習慣性的瑣碎動作也都出於特定的動機和困難，儘管可能更難被找出來。例如，你向鄰居道早安，八年來你每天早上都跟鄰居說早安。動機是什麼？困難是什麼？為了找出其中的動機與困難，想想若你不說早安會有什麼後果：你的鄰居可能會想一些你不希望他去想的事。即使是習慣動作（「嗨！」「天氣真好！」等等），也都一定是奠基於這種企圖：**你對抗阻止你的力量來得到你想要的東西**。

戲劇衝突——欲望 V.S. 困難——有四個種類，其中某些或全部會出現在每一齣戲中。如果以主要角色作為出發點，這些戲劇衝突是：

1. 我和我自己對抗。我想要你的郵票收藏，但我知道偷竊是不對的，我無法放任我自己去做這件不對的事。如果我真的非常想要那套郵票，我就會嘗試克服困難（我對於偷竊的道德譴責）。衝突來自於我和我內心的猶豫：我與我自身產生衝突。

2. 我與其他人對抗。我想要你的郵票，但你挾著球棒企圖反抗。衝突來自於我和你之間：我與其他人產生衝突。

3. 我與社會對抗。我偷了你的郵票，現在聯邦調查局像獵犬般地追緝我，因為我犯了法，現在社會對我的憤怒也在追捕著我。我對抗的並非你個人，我是為我的自由而反抗，我是在對抗整個社會。

4. 我與命運、宇宙、自然力量或是神對抗。這是一場硬仗，就好像一個人站在山上的懸崖邊，或是像李爾王在暴風雨中吶喊：**「吹吧！風啊！」**又或是像馬克白拒絕接受他的命運，並大喊：**「倒下吧，麥克道夫。」**這種衝突和我偷了別人的郵票會招致的結果勢必大相逕庭。

在上述的四個類別中，衝突皆來自於我的欲望，以及阻止我滿足欲望的困難。一部戲若是欲望愈強烈且難以克制，以及困難愈強大而難以跨越，劇情往往會愈精采，不論它是屬於哪一種戲劇衝突。然而，你還是必須明確地知道戲劇的衝突點為何，以及衝突的類別，才能避免將《李爾王》或《伊底帕斯王》製作成一部家庭肥皂劇或是一篇社論，也能避免將《等待果陀》（*Waiting for Godot*）製作成一齣極度哀傷的悲劇。

戲劇衝突（動機V.S.困難）是讓戲劇情節不斷展演開來的推手，它使得戲劇有別於朗誦文章。

本章重點：一個角色的欲望受到阻礙、碰到困難，他試圖說服另一名角色或多名角色，來排除阻礙欲望的困難。若要了解對話的深層含義，你必須知道說話者想要什麼，以及說話者是如何傳達訊息來移除困難以滿足欲望。

6

無知即是福

（又或者：大家對《哈姆雷特》抓狂的原因）

「哀哉！那些知識不足的人！」

莎士比亞，《冬天的故事》，第二幕第一景

讀劇時，必須注意劇情透露的時機，哪些資訊已經揭露了，哪些還被保留著。在製作一齣戲時，切記不要將資訊提早透露出來（亦即劇透），否則就會宛如白蟻一樣，迅速地將整部戲的架構蛀蝕掉。劇透的時間點是非常關鍵的，太早透露會破壞觀眾對整部戲的體驗。

欲速則不達！

這原則乍聽之下好像誰都懂，然而許多人在導《哈姆雷特》或是寫關於《哈姆雷特》的書籍時，卻沒有思考應在什麼時間點才該向觀眾透露克勞帝是有罪的，以至於飾演克勞帝的演員一出場就表現得充滿嫌疑似的。謎底太早揭曉，觀眾有如被背叛了。

因此在讀劇時，得假設自己是第一次閱讀的觀眾，不帶任何預設觀點。在第三幕以前，你都不知道克勞帝就是兇手，你僅僅比哈姆雷特早一個場景知道真相。

如果你打從一開始就知道克勞帝是兇手，那麼你就不會明白這部戲前三幕的神祕鋪陳是怎麼回事，如果你無法體會戲劇營造出來的神祕氛圍，就無法了解哈姆雷特究竟在做什麼（他很認真地在釐清克勞帝究竟是不是他的殺父仇人）。如此一來，你就會認為哈姆雷特只是個優柔寡斷且無所作為的人。這或許可以說明為什麼有些人會對於哈姆雷特的按兵不動感到抓狂。

其實，自從鬼魂現身說法以來，哈姆雷特便非常積極地驗證，究竟他看到的鬼魂是說謊的惡魔？還是揭露真相的父親的魂魄？若是你能設想哈姆雷特的處境，在丹麥王朝大權被他人掌握之際，以及在無法輕易向他人求證殺父兇手究竟是克勞帝或是自己母親的危臨時刻（這種問題即使是在丹麥也不能隨便問，再說也沒人會回答），你也許就能體會為何哈姆雷特要大費周章地假裝自己瘋了，這能方便他暗地調查究竟克勞帝是否有罪，而這謎團也是整齣戲前半部的核心所在。哈姆雷特和觀眾都期望能夠解開謎團，所以不要一開始就破哏，告訴大家克勞帝是壞蛋。

有些教師會讓學生在看戲之前就先閱讀劇本，並天真地認為這樣對學生比較好。難道這些教師真的以為看一齣戲之前，就先知道整部戲的劇情會是有趣的嗎？這不是完全破壞了劇作家的本意嗎？還是他們覺得學生無法理解台詞，或是對於舞台顏色、動作的設計感到困惑？老天啊！真是苦了那群學生了！

千萬別剝奪學生（或任何人）對未知情節的渴望，這可是觀劇的最大享受。試著想像觀看《威尼斯商人》（*The Merchant of Venice*）時，在揭曉夏洛克是否贏得賭注前的緊張期盼，然後再試想教師（或劇本）剝奪了那些樂趣的打擊。

這也是為什麼**避免劇透**對於觀眾的觀劇體驗有多麼重要。因此，千萬不要讓克勞帝在開場時就一臉兇嫌樣，虎視眈眈地監視著哈姆雷特；也不要讓學生在觀看《威尼斯商人》前，就先把劇本讀完；更不要在寫節目單時，就告訴觀眾果陀永遠不會來。不要在劇情概要中開山見明地指出：「故事起始於克勞帝為了掠奪丹麥王位，殺害哈姆雷特的父親。」若是莎士比亞想要觀眾一開始就知道這件事，他大可在第一幕就直接破哏。

劇作家或任何製作戲劇的人，必須要好好利用觀眾對劇情一無所知的這一點，不要在開場時就把結局都擺在舞台上。

本章重點：劇情的張力時常在於製造謎團，必須讓觀眾不知道重要資訊卻又引頸期盼，因此不要提早劇透而破壞了觀眾的興趣。

7

戲劇性

「的確精彩，使一般人爲之目瞪耳駭。」

莎士比亞，《哈姆雷特》，第二章第二景

舉凡能夠引發觀眾反應的皆可稱之為戲劇性（things theatrical）。笑點十足的笑話、柔腸寸斷的結局，趣味無窮的服裝或是語言，亦或是一句令人印象深刻的台詞，皆是戲劇的戲劇性所在。一個情節緊湊，讓觀眾忍不住前傾且屏息凝視的橋段；一條蜷伏在女主角椅子底下的黃曼巴毒蛇；一個鬼魂向你揭示你老早就已深信不疑的陰謀；又或是一名希臘國王發覺他不僅殺害了他的父親，還與他的母親結為連理，這些都是引人入勝的戲劇性。

有些戲劇性，像是耐人尋味的伏筆、趣味十足的橋段、舉足輕重的要點，或是意味深長的的情感流露，都足以讓觀眾流連忘返。一齣好的戲劇多半有絕佳的戲劇性，若是沒有合適的戲劇性，一齣戲很難讓人感興趣。換言之，若是沒有戲劇性，戲劇就會變得無聊。

戲劇性不能與低級的效果相提並論，縱使低級的效果有一定的戲劇性（譬如蜷伏在椅子底下的黃曼巴毒蛇）。莎劇中最膾炙人口或最低俗不雅的橋段也同樣能具有戲劇性。戲劇性無關好與壞、高雅或低級、藝術或垃圾。一條具有兩個節點的破繩與《大鼻子情聖》（*Cyrano de Bergerac*）中經典的最後一幕，同樣具有戲劇性。

劇作家能知道哪些橋段具有戲劇性。舉例來說，缺乏行動往往不具有足夠的戲劇性。講道或是冗長的哲學論述，在毫無情境動作下，很難有戲劇性。反之，男扮女裝（或女扮男裝）就很容易達到戲劇性。刀劍交錯的戰鬥、愛人的初次見面或訣別，以及死亡的場景也都極具戲劇性。此外，衝突是最容易產生戲劇效果的，沒有衝突的戲就沒有戲劇性。

創新的情節也具有戲劇性。裸露場景可能有某種程度的戲劇性，然而觀眾的新鮮感卻很快就會被磨耗掉。

轉折的情節也能帶來戲劇性。觀眾總是特別關注情節的轉變。例如，兩、三個角色的小場景突然置換到為數五十人的宮廷景象，必定能吸引觀眾注意。

就劇本分析而言，判斷一齣戲當中的戲劇性是非常重要的，因為**好的劇作家會將最重要的情節素材置於最有戲劇性的時刻**。拿《哈姆雷特》來說，故事開頭縝密的鋪陳，為的就是要讓第一幕第五景鬼魂出現的時刻格外具有戲劇性，因為這一段是重要的情節內容。任何重要的情節都必須要有足夠的戲劇性搭配，觀眾才能有所察覺。

如果你是一名劇作家，千萬不要將一齣戲中最重要的情節置於兩個戲劇性時刻之間，這就好比一把鑰匙從縫隙中掉進無盡的下水道裡。戲劇性不是拿來襯托的，它是一齣戲的核心，即是最主要的訴說者。

煙火具有視覺上的戲劇性，一句具有破壞性的退場台詞也深具戲劇性。一齣戲的成功與否取決於戲劇效果帶來的衝擊性。在閱讀劇本時，假使你無法察覺到重要的戲劇性時刻，你就無法將戲劇效果在舞台上如實地展現，那麼你的觀衆，甚至是你本身，也將無法完全體會此劇的真正內涵。

一無所知對你毫無幫助。

本章重點：戲劇性是指能夠吸引觀衆注意力及參與感的戲劇效果。劇作家必須要將一齣戲最精髓的部分用最具戲劇性的方式呈現，以吸引觀衆最大的注意力。判斷一齣戲的戲劇性時刻，有助於了解劇作家的核心概念。

第二部

方法

8

鋪陳

「你的敘述要是不符原意，
我們就可以結束你的生命。」

莎士比亞，《泰爾親王佩利克爾斯》，第一幕第一景觀衆在戲劇開始時，對劇情一無所知。因此，在劇情發展至高潮前，劇作家必須先透露一些特定資訊，否則觀衆會看得一頭霧水。

這類資訊通常是指對於戲劇中一開始仍處於靜止狀態世界的初步描述，例如地點、場景、現況，以及時空背景。此外，劇作家也必須向觀衆交代角色以及角色間的關係，舞台上的人物是誰？他們彼此有何故事？他們在這裡做什麼？

凡是交代一齣戲必要資訊的描述，即稱之爲鋪陳（exposition）。

鋪陳有兩種。第一種是所有台上角色都知悉的資訊。例如，這裡是丹麥，時間點是半夜，丹麥國王最近駕崩了。劇作家必須要將這些基本資訊傳達給觀衆。

第二種鋪陳則是只有特定角色（一名或數名）才知道的資訊。劇作家必須安排這些握有資訊的角色，在舞台上適時地揭露訊息給觀象。在古典希臘悲劇裡，信使通常擔任這個角色。除此之外，也有其他更巧妙的技巧，接下來將一一揭曉。

第一種鋪陳，也就是全部或是大部分角色都知道的訊息，要寫得好是相當不容易的。就像我們之前所看過的（第五章），舞台上的台詞都必須出自角色對某種東西的欲望，但如果是大家都已經知道的資訊，那麼把它說出來對於角色滿足欲望的企圖會有什麼幫助呢？「哈囉約翰，你，就如你所知，是我的雙胞胎兄弟。」就是一個極為尷尬的例子，再好的演員都無法為這樣的句子帶來生氣。一個劇作家的能力好壞，可以從他是否能克服這樣的問題來窺之一二。

要注意這種寫得很草率或是很尷尬的鋪陳手法，找出這些台詞更能找出劇本的其他缺失。「哈囉！」女僕接起電話說道，「這裡是又大又空的克蘭福特宅邸，時間是二月風雨交加的晚上。喔！晚安，克蘭福特先生，我還以為你在前往加爾各答的途中呢。」或是「莎拉，妳好嗎？自從三年前的今天晚上我們倆不幸離婚後，我就沒有再見過妳了。」如果一齣戲是這樣開場的，那麼你可就要擔心了。

但這還不是最糟的情況，帶有鋪陳式的資訊，卻又沒有直接目的的戲劇才是最令人頭大。有些劇作家會用不重要的碎字塞滿演員的嘴，他們期望這些對白可以堆疊出「氣氛」、「當地特色」或是「時代感與地點感」。這種藉著無止盡的瑣碎細節堆疊出現實感的手法，也只會堆疊出不重要的現實。

但針對你相信的作家，你得假設鋪陳式的資訊與角色的行動是有直接相關的。

與角色行動有關的鋪陳式資訊在劇本裡的呈現不會採取漸進方式，而且通常很快就會出現。只看《李爾王》前七行對白就可以了解了。

肯　特：我以爲國王對奧巴尼公爵比康威爾公爵更有好感一些。

肯羅斯特：我們一向都這麼認爲，但是在這次劃分國土時，卻看不出他有偏袒任何一方，因爲他分配得很平均，誰都沒占到便宜。

〔第一幕第一景〕

開場不過五十三字[1]，莎士比亞就此鋪陳了一件非常重要的資訊：李爾王已經想好要如何分配他的國土。而那場計劃好的公開比賽，也就是他的兩個女兒要展現誰比較愛他的競爭，僅是形式而已，不過是一場儀式。誰可以分得較多的國土也不是由這場比賽所來決定的。

【1】指原文的五十三個字。

奇怪的是，這樣的資訊常常會被忽略。大部分的舞台改編作品都會把第一幕變成一場比賽，而不是原文中的公關把戲。這並不是詮釋手法的差異，只不過是沒有注意到鋪陳罷了，就好比二加二等於四，把答案換掉或許會彎有趣的，但如此一來就不是算數了。

沒有好好讀劇本，下場就是劇場改編會顯得很貧弱。巴伯掘屍的部分，依照文本，他會是腹部朝下的腐屍。《李爾王》的前七行台詞是關鍵性的鋪陳，直接決定了作品的走向。這些對白不是只純粹用來增添當地特色或是交代背景而已。

看看在《哈姆雷特》前十二行對白中我們可以得到多少資訊（多數的角色比我們早知道大部分的資訊）：我們知道身處的位置、一部分的前情提要、鬼魂曾於午夜兩次造訪城牆、這些角色對丹麥國王的忠心，以及我們何時可以看到真正的鬼魂（第四十一行）；我們也得知鬼魂長得很像「死去的國王」。如此大量的資訊，且這些資訊都跟角色行動緊密相關。到目前為止都還可以理解。但在第六十行的訊息就似乎顯得有些不重要了，也因此許多讀者忽略了這一段。

他身上那副鎧甲，
就是他討伐野心勃勃的挪威王時所穿的。
他臉上的怒容，
就是他和波蘭人談判破裂時，在冰上將他們擊潰的神情。
這眞是太奇怪了！

〔第一幕第一景〕

這的確非常奇怪！挪威？「波蘭人們」？過了幾行之後，又是一段看似更不重要的資訊：關於最近一次丹麥跟挪威之間的衝突。劇本閱讀不謹慎的讀者們會認為，少掉這點資訊應該不會有差別。這些粗心的讀者們想不到的是，年輕的佛丁布拉會在這齣劇占有重要的分量，然而在劇終前，這位與哈姆雷特有相似地位的人物佛丁布拉，便從挪威出發，橫跨丹麥，討伐波蘭人。那麼我們是否能夠假設佛丁布拉跟這齣劇有相當大的關聯呢？答案是肯定的，但你若是草率地跳過乍看之下似乎不重要的鋪陳，是絕對無法發現這樣的連結。

要假設任何一點點的鋪陳都和劇裡的行動有關聯，即使是那些看似不重要的細節。盡可能嘗試發現那些連結，不要輕易放棄掉任何一點線索，不然你可能會搞錯全劇的重點。

第二種鋪陳，如何呈現只有一個角色知道的資訊，這種手法對劇作家來說難度比較低。通常，這樣的鋪陳資訊會由信使來傳遞，信使是一個中性的角色，他只與他所傳遞的資訊有關聯。「國王，我剛從城堡回來，在那城堡裡，憤怒的哥德人與西哥德人……」

另一種較特殊（也較為有效）的方法則是，「信使」跟事件的關聯遠超過他所帶來的資訊，由一名重要角色披露訊息，其目的是要讓另一個角色**採取**行動。

舉例來說，哈姆雷特父親的鬼魂有鋪陳資訊的作用。觀衆需要知道他所鋪陳的訊息，以理解這齣戲的行動。但是鬼魂本身是不在乎觀衆的，他的所作所為只是為了傳達他被克勞帝殺害的訊息，好讓哈姆雷特採取報復行動。鬼魂給了哈姆雷特過去的資訊，是為了要讓他現在採取行動。這是最有效的鋪陳手法：**用過去來引導（不僅是解釋）現在的行爲**。如果作家有使用這樣的寫法，一定要看得出來。去讀易卜生（Henrik Ibsen），他是這類寫作手法的大師。這種寫法有兩個好處：第一，可以傳遞給觀衆他們需要的訊息；第二，會引導行動的發生。

在《伊底帕斯王》裡，這樣的手法直到高潮部分才出現。

這樣的手法常用於鋪陳最重要的資訊。《哈姆雷特》第一幕第五景中，鬼魂所述說的故事，其包含的資訊遠重要於鬼魂現身的次數、鬼魂的裝扮，或是波蘭、丹麥、挪威之間的紛爭。由於這一段非常重要，莎士比亞用了很吸引人的手法，讓觀眾仔細地逐字逐句聆聽。這樣的手法，可稱為是建構戲劇性的核心手段，將在下一章詳細論述。現在，先來理解，當作家用了強大手法引起觀眾注意時，我們該格外留意這類鋪陳資訊的重要性。這樣的手法不會時常使用，所以當它出現時（尤其是出自你很信任的作家之手時），你該假設這是因為這段特別重要的緣故。

舉例來說，《李爾王》的前七行格外重要，莎士比亞為了確保觀眾不會錯過這些資訊，他以這些資訊作為戲劇的開場，讓這些資訊得到觀眾極大的關注。然而這樣的強調手法對於二十一世紀的觀眾是行不通的，因為我們並不熟悉李爾王的故事，但當年的觀眾都對這個故事瞭若指掌。在另一個一六〇四年的倫敦廣為流傳的李爾王故事版本中，公開競賽就真的是一場比賽：聲稱自己最愛父親的那一個女兒，就會贏得最多的土地。莎士比亞深知自己對於情節的更改會引起大家的注意，特別是將更改的部分放在戲劇剛開始的階段。這種手法能引起的關注度，就好比是在《灰姑娘》（*Cinderella*）改編的開場中寫著，同父異母的姊姊們很親切，後母大方又和藹，她們對灰姑娘更是百般體貼。

不論是用什麼樣的手法處理，好的鋪陳都會提供恰到好處的資訊給觀眾，讓他們能在開頭就理解劇中的行動，而輕易略過鋪陳或是對劇本不夠有耐心的讀者，對劇中角色的行動就僅有很淺薄的理解，而且會一路誤解劇情直到劇終。

本章重點：鋪陳是指披露觀眾需要知道的訊息，以便理解後續在劇中出現的行動。鋪陳可分為兩種，第一種是所有角色都知道的資訊（如這裡是丹麥）；第二種為並非所有角色都知道的訊息，重要的是，這樣的鋪陳除了能夠藉由角色傳遞訊息之外，還能引導另一個角色做出行動。

9

情節推演：期待下一步

「請容我繼續我的下一步。」

莎士比亞，《愛的徒勞》，第五幕第二景

在劇本寫作中最明顯卻最常被忽略的一件事：要吊觀眾胃口最好的辦法，就是讓他們似瘋了般地想知道下一步的情節，也就是「然後呢？」

一個好的情節推演（forwards）就是讓觀眾開始好奇即將要發生的事情。劇作家希望觀眾能被**未來**所吸引，而不是現在。

情節推演常見於各種（不限於戲劇）類型的文學中，但在戲劇寫作中，它則是必要的元素。小說讀者在某些時候沉浸在書中情節的當下是情有可原的，不過在劇場寫作中，卻有著不同於此的準則。儘管每個人的專心程度、興趣、品味、理解程度、情緒與理智的投入程度、生理感覺、態度，以及當下的心情都不盡相同，但是我們仍必須在這許多不同的注意韻律（attention-rhythms）中找到一種統合。劇作家必須掌握觀眾的注意力。

讀者可以控制他們自己的韻律。閱讀個半小時之後，站起來、散散步、吃根香蕉、數個郵票；有時重讀同一章節，有時快速瀏覽（或直接跳過）不感興趣的一小段、一頁或一整章；還可以暫停跟旁邊的人交換一下感想，或乾脆把書往窗外扔砸某隻鳥、往火爐裡扔，也有可能把書放著一個禮拜不碰它。

但是在劇場中，如果一個觀眾只看了二十分鐘，在中場休息前就想走人，那這齣戲就有大麻煩了。所以一個好的劇作家會使每一景都有情節推演，不論那場景本身多強（或多弱），藉此擄獲觀眾的好奇心，讓觀眾為了想要知道即將發生的情節而留在位子上。

想像你在家裡讀書讀到一半需要上廁所時，你會暫停閱讀去上廁所？或是把書帶進廁所？但異乎尋常的是，劇場工作者和理論家並不會注意到觀眾哪時候需要上廁所，這個特徵從劇場演出此一形式出現之初就是如此（除非古代雅典人知道什麼我們不知道的撇步）。所以如果一個演出無法吊觀眾胃口，大概有很多觀眾會在第一幕第五景時就決定到廁所遛達，相較於專注看戲，反而更注意自己的生理需求。

作為觀衆，他們理論上應該沒有任何時間踱步、休息、吃香蕉或做除了看戲以外的任何事。可憐的觀衆們必須坐好。不像詩人或小說家；劇作家一定要能夠讓觀衆**想要**坐好。如果沒有情節推演，觀衆會在任何一句台詞開始前想要站起來走人，這是劇作與其他形式的文學作品之間最大的不同。只有在當我們很想知道接下來會發生什麼事的情況下，我們才會乖乖坐好並且保持專心，如果情況相反，我們則寧願做任何其他事來取代。如果你不相信，那麼試試看在別人對著你大聲朗誦《失樂園》（*Paradise Lost*）的三個小時中不要動，但你做不到的，你會感到煩躁不已，因為這裡沒有情節推演。

有一些非戲劇的文學作品就是讓人大聲朗讀的，例如喬叟（Chaucer）的詩作、荷馬（Homer）史詩，和史詩《貝奧武夫》

（*Beowulf*），而這些作品的共通點就是它們充滿情節推演，海明威（Hemingway）的作品則不屬於這一類，狄更斯（Dickens）、福克納（Faulkner）、波普（Pope）的作品也都不是。但是莎士比亞跟索福克里斯（Sophocles）的作品就是屬於這一類，在他們作品中，每一頁都看得見情節推演，同樣地，在幾乎所有叫得出名字劇作家的作品中，情節推演也都不曾缺席。（在其劇本中找不到這特質的劇作家，絕對不可能會是知名的劇作家。）

情節推演沒有一個固定樣貌，它可以是一個設計、技術、謀略、場面調度、吊人胃口的哏、調笑場景等等，不論它是什麼，它都要能夠使觀眾想知道「然後呢？」如果你忽略了劇作家刻意安排的情節推演，你等於是忽略了他的招牌拿手絕活。這麼簡單的道理每一個脫衣舞孃都知道，也就是讓觀眾最興奮的是裸露的**保證**，而不是裸露本身。

所謂的樂趣有一半是來自期待的過程。

情節推演所做到的不只是讓我們保持興趣，**還有讓觀眾的注意力集中在劇作家想讓觀眾注意的地方**。在（厲害的）劇作家操作之下，觀眾會對需要感興趣的段落感興趣，而這形成了一種可靠的分析方法，來發現劇作家認為重要的東西。如果莎士比亞在他的劇作裡設計了一系列縝密的情節推演，來引領觀眾將注意力放在特定事物上面，那麼，那個事物一定是劇中的關鍵。

讓我們來看看莎士比亞在作品中所使用的情節推演手法，他以此(1)激起我們對即將發生的事件之興趣，以及(2)強化並集中我們的興致，並在他安排的段落中達到極致。

《哈姆雷特》：直到第六八五行，劇中父親的鬼魂才說了第一句話，而這已經是相當於古典希臘悲劇一半的篇幅了，一個技巧比較差的劇作家會讓鬼魂在一開場就說話，但莎士比亞推遲了鬼魂的出現，以創造出一系列簡單明瞭的情節推演，這不僅能使觀眾注意到鬼魂的出現，還使觀眾注意到鬼魂即將說出的台詞。

關於《哈姆雷特》的論述比談論其他英文文學作品的論述都還要多，但這個顯而易見的元素卻仍被忽略了，所以你必須親自將它找出來。例如，試著在鬼魂首次出現之前，尋找讓觀眾對於鬼魂感到興趣的元素。劇中的第一行台詞——幾乎所有版本中的第一行台詞——**「那邊是誰？」**這句話一出，讓觀眾不由得地想知道是誰或是什麼東西在城牆那裡游移，在這之後又過了幾句台詞，馬賽勒斯的一句話則呈現莎士比亞如何算計著觀眾心理：

馬賽勒斯：什麼！這東西今晚又出現過了嗎？

〔第一幕第一景〕

以「這東西」代替「鬼魂」，更吊觀眾胃口，在接下來的七、八行台詞裡，我們被誘惑、渴望看見更多關於「這東西」的資訊。

馬賽勒斯：什麼！這東西今晚又出現過了嗎？

伯　納　度：我還沒有瞧見什麼。

〔第一幕第一景〕

這句台詞並沒有讓觀眾放鬆，因為觀眾早就知道才剛到達的伯納度當然不會看見任何東西。因此這句台詞反而引起觀眾的期待與關注，「這東西」隨時都有可能再次出現。

馬賽勒斯：何瑞修說那不過是我們的幻想。我告訴過他我們已經兩次看見這一個可怕的怪象了，他卻總是不肯相信；

〔第一幕第一景〕

（「這東西」現在有了比較具體的樣子：「可怕的怪象」，我們的胃口被愈養愈大，想知道更多。）

所以我請他今晚也來陪我們守一夜，要是這鬼再出來，就可以證明我們並沒有看錯，還可以叫他對他說幾句話。

何瑞修：嘿，嘿，他不會出現的。

〔第一幕第一景〕

這時觀眾所知已比何瑞修多一些，所以觀眾跟何瑞修的想法可不一樣。首先，觀眾知道這是一場戲，而當戲中出現吊人胃口的疑點時，它稍後通常會被揭發；第二，觀眾知道劇中時間現在是午夜，這是在劇本第六行就已經出現過的提示。何瑞修可能不相信鬼魂的存在，觀眾之中可能也有人不相信，但觀眾知道鬼魂（假設世上有鬼魂的話）的出現大多是在午夜。

更高明的是，莎士比亞現在已經成功地讓我們開始期待何瑞修與鬼魂的面對面，也就是一個理性的懷疑者（**「嘿，嘿，他不會出現的。」**）與他所不相信的存在之相遇。所以在鬼魂的首次亮相前，觀眾就已經開始期待兩個高度戲劇化的事件：可怕鬼魂的出現，以及鬼魂與深信世上無鬼的人之相遇。

如果這齣戲的前四十行都是關於背景介紹的瑣碎內容，就無法吊觀眾胃口，即使在鬼魂上場時，搭配迷霧重重、詭異音效與古怪光線，也無法使鬼魂的出現有任何效果。相反地，如果前四十行的情節推演做得清楚，觀眾就會傾身而屏氣凝神地期待下一步，無須迷霧、光影與效果，鬼魂本身即有戲劇效果。當然在演出時可能會搭配舞台燈光、迷霧與音效來加強這個效果，但在莎士比亞寫下的劇本中，就已經具備戲劇效果的核心元素：有效的情節推演。

不過這一切都只是個開始。莎士比亞真正的任務是在稍後讓我們痛苦地小心聆聽鬼魂對哈姆雷特所說的話（第一幕第五景）。在初進入戲場時，我們對這個鬼魂毫不感興趣，而在六百行台詞後，莎士比亞成功地使我們開始關心這鬼魂，並確保鬼魂戲劇性的出現不會掩蓋過其關鍵性的台詞。而莎士比亞的手法是重複而明顯的，讓我們看看以下段落：

何瑞修：（對鬼魂）你是什麼鬼怪？膽敢僭竊丹麥先王神武的雄姿，在這樣深夜的時分出現？憑著上天的名義，我命令你說話！

馬賽勒斯：他生氣了。

伯納度：瞧，他悄悄地去了！

何瑞修：不要去！說呀，說呀！我命令你，快說！〔鬼下〕

馬賽勒斯：他去了，不願回答我們。（第一幕第一景；斜體為作者所加）

在四行台詞中，我們被告知了五次，鬼魂拒絕說話。如果要推動觀眾（以及何瑞修）去期待鬼魂究竟「要說什麼」，還有什麼比這更好的方式呢？

過了七十四行台詞之後，我們看見鬼魂的歸來，與此同時我們也獲得了很多鋪陳資訊：丹麥與挪威的情況、鬼魂在現實中的身分、當今的政治狀況，以及可怕怪象的出現，彷彿是某種汙穢事件的徵兆（在第一一二至一二六行台詞中，描述了凱薩被刺殺之前，羅馬街上老鼠橫行）。對鬼魂的強烈好奇心讓我們小心翼翼地留心所有以此為中心的鋪陳與資訊，而在莎士比亞的設計下，其他我們**不需要**感興趣的資訊，觀眾也的確不感興趣且毫不關心，是莎士比亞精心設計的情節推演使我們如此勤奮地尋找線索。

所以當鬼魂第二次現身時，我們已經對他所知不少了。何瑞修再次嘗試與鬼魂對話，而我們對鬼魂的開口更加好奇。

情節推演像滾動的球一樣帶著特有的韻律再次出現，形成觀眾無法忽略的重複：

何瑞修：（對鬼魂）不要走，幻象！要是你會開口，對我說話吧！要是我有可以為你效勞之處，使你的靈魂得到安息，那麼對我說話吧！要是你預知祖國的命運，靠著你的指示，也許可以及時避免未來的災禍，那麼對我說話吧！或者你在生前曾經把你搜刮得來的財寶埋藏在地下，我聽見人家說，鬼魂往往在他們藏金的地方徘徊不散，（雞啼）要是有這樣的事，你也對我說吧！不要走，說呀！

（第一幕第一景；斜體字體作者所加）

在此我們又看見了另外五個要鬼魂「說話」的請求，我們已經準備好鬼魂說話這個時刻的來臨，但卻聽見一聲雞鳴，而鬼魂再次離去。

觀象被吊胃口卻還未被滿足，但莎士比亞還沒玩完，當他終於讓鬼魂說話的那一刻，我們早已是最願意傾聽的一群觀象。情節推演一直持續到何瑞修向哈姆雷特描述經過：

哈姆雷特：你有沒有對他說話？

何　瑞　修：殿下，我有的，可是他沒有回答我；不過有一次我覺得他好像抬起頭來，像要開口說話似的，可是就在那時候，晨雞高聲啼了起來，他一聽見雞聲，就很快地隱去

不見了。

（第一幕第二景；斜體為作者所加）

我們差一**點點**就可以聽到鬼魂說話了，這真令人扼腕！

當第二景結束時我們得到另一條線索，哈姆雷特不認為鬼魂知道什麼未來的命運，鬼魂是隱藏了過去的事實：

哈姆雷特：……但願黑夜早點到來！靜靜地等著吧，我的靈魂！罪惡的行爲總有一天會被發現，雖然地上所有的泥土把它們遮掩。

（第一幕第二景；斜體為作者所加）

最後兩行台詞押同韻，在一般情況裡，一景中最後的對句押韻，具有下結語的意思，但在此卻相反：這幾句台詞**不是總結過去，而是暗示未來即將到來的事件**。這最後的句子在不需押韻時押韻，顯眼地抓住我們的注意力，成為吊人胃口的情節推演手法。「**罪惡的行為總有一天會被發現，雖然地上所有的泥土把它們遮掩。**」這第二景的結尾使我們對於鬼魂說不出的祕密更好奇，現在我們認定鬼魂說將揭發一些罪行，於是我們牽掛於他的一字一句。不過莎士比亞的遊戲還沒結束，讓我們將自己置身於觀眾席中，看看以下第一幕第四景和第五景的開頭。

鬼魂上場

何瑞修：瞧，殿下，他來了！

哈姆雷特：天使保佑我們！不管你是一個善良的靈魂或是萬惡的妖魔，不管你帶來了天上的風或是地獄中的罡風，不管你的

來意好壞，因爲你的形狀是這樣和藹可親，我要對你說話：我要叫你哈姆雷特，君王，父親！尊嚴的丹麥先王，啊，回答我！

（第一幕第四景）

最後一個句子大概會以下列方式出現在舞台監督的工作本裡頭：

哈姆雷特：我要叫你哈姆雷特。

（沒有回應）

君王！

（沒有回應）

父親！

（沒有回應）

尊嚴的丹麥先王！

（沒有回應）

啊，回答我！

像有多少個哈姆雷特沒有等待回應而匆匆略過這些急切的呼叫，直接跳到「**啊，回答我！**」這句？但莎士比亞筆下的哈姆雷特想要真正的回答，而胃口已經被吊到半空中的觀衆也一樣急切，情節推演繼續下去，哈姆雷特說：

哈姆雷特：不要讓我在無知的蒙昧裡抱恨終天；告訴我爲什麼你長眠的骸骨不安窀穸，爲什麼安葬著你遺體的墳墓張開它沉重的大理石兩顎，把你重新吐放出來。究竟是什麼意思？你

這已死的屍體這樣全身甲冑出現在月光之下，使黑夜變得這樣陰森，使我們這些爲造化所玩弄的愚人充滿了不可思議的恐怖，說，這是爲了什麼？

（沒有回應）

爲什麼緣故？

（沒有回應）

你要我們怎麼樣？

（鬼魂）招手（要哈姆雷特跟隨）

（第一幕第四景；斜體為作者所加）

在接下來的三十五行台詞中，哈姆雷特努力地想要聽見鬼魂的話，而其他的角色則試圖阻止他，莎士比亞成功地讓我們與主要角色擁有相同的欲望，在這個時刻裡，我們的命運與哈姆雷特同一，為了要滿足我們的欲望（聽見鬼魂的話），哈姆雷特必須突破困難跟隨鬼魂：

何瑞修：他招手叫您跟著他去，好像他有什麼話要對您一個人說似的。

（第一幕第四景）

（換句話說，「他像是有什麼話要對您一個人說」也是另一個情節推演。）

馬賽勒斯：瞧，他用很有禮貌的舉動，招呼您到一個僻遠的所在去；可是別跟他去。

何瑞修：千萬不要跟他去。

哈姆雷特：他不肯說話；我還是跟他去吧。（第一幕第四景）

（這時觀眾心裡想：「太好了！快去吧！」終於可以知道鬼魂到底想說什麼了。）

何瑞修：不要去，殿下。（第一幕第四景）

（觀眾：「不！讓他去！」）

哈姆雷特：嗨，怕什麼呢？我把我的生命看得不值一枚針；至於我的靈魂，那是跟他自己同樣永生不滅的，他能夠把它加害

嗎？他又在招手叫我前去了；我要跟他去。（第一幕第四景）

（仔細注意何瑞修在此是作為哈姆雷特的困難、阻力：）

何瑞修：殿下，要是他把您誘到潮水裡去，或者把您領到下臨大海的峻峭懸崖之巔，在那邊他現出了猙獰的化形，使您喪失理智，變成瘋狂，那可怎麼好呢？（第一幕第四景）

（瘋狂？觀眾聽見了關鍵字，開始想：「劇情可能怎麼發展呢？下一步是什麼？」）

何　瑞　修：（繼續）您想，無論什麼人一到了那樣的地方，望著下面千仞的峭壁，聽見海水奔騰的怒吼，即使沒有別的原因，也會嚇得心驚膽裂的。

哈姆雷特：他還是在向我招手。去吧！我跟著你。

馬賽勒斯：您不能去，殿下。

哈姆雷特：放下你們的手！

何　瑞　修：聽我們的勸告不要去。

哈姆雷特：我的命運在高聲呼喊，使我全身每一根細微的血管都變得像怒獅的筋骨一樣堅硬。他仍舊在招我去，放開我，朋友們；憑著上天起誓，誰要是拉住了我，我要叫他變成一個鬼！走開！（向鬼魂）去吧！我跟著你。

（第一幕第四景）

終於，哈姆雷特跟著鬼魂走了，現在我們可以得到渴望已久的答案：

哈姆雷特：（對鬼魂）你要領我到什麼地方去？說！我不願再前進了。

鬼　魂：聽我說。

（第一幕第五景）

（「聽我說」這句大概是劇本史裡面最被低估的一句台詞了。）

莎士比亞的技巧並不難懂，他藉著讓鬼魂一再地「要說」卻沒說來推演情節，而在劇中沒有其他元素被如此一再重複。

莎士比亞不厭其煩地重複這點，是因為鬼魂即將要說的話包含了本劇的重點鋪陳，而他要使觀眾聽清楚每一個細節，戲才得以繼續下去，他已點燃觀眾的好奇心與渴望，所以觀眾自然會豎起耳朵聆聽。

我們再來看下一個例子，它顯示細節的重要性：鬼魂並沒有直接指示哈姆雷特進行對母親的復仇。如果我們忽略這個細節，則之後哈姆雷特對皇后葛楚的態度就會變得沒道理。

如果你理解情節推演的概念，那麼當你在搬演時，觀眾就不會漏聽鬼魂所說的每一個字，當然你也可以忽略莎士比亞六百行的鋪陳，只依賴舞台效果來吸引觀眾對鬼魂的注意，然後把鬼魂的台詞刪光光，只要張牙舞爪地嚇人就好了。

有了情節推演的動力，一齣好的製作可以將戲本身和觀眾一起彈射到一個行動的洪流中，也就是《哈姆雷特》本身。與此同時，這個推動觀眾注意鬼魂之言語的動力也為整齣戲建立結構與情緒的基礎。

情節推演：對句

讓我們來談談另一種形式的情節推演。在許多莎劇場景結尾常可見到押韻對句，例如前面提到過的：**「罪惡的行爲總有一天會被發現，雖然地上所有的泥土把它們遮掩。」**（《哈姆雷特》，第一幕第二景）以下的例子也將顯示這種對句如何推進觀眾注意到劇中的情節推演。

《哈姆雷特》，第二幕第二景：

哈姆雷特：我要先得到一些比這更切實的證據；憑著這一齣戲，〔我可以發掘國王內心的隱密。〕

（〔〕為作者所加）

然後我們殷切地等待此事發生。

《哈姆雷特》，第四幕第四景：

哈姆雷特：啊！從這一刻起，讓我摒除一切的疑慮妄念，把流血的思想充滿在我的腦際！

這次最後的兩句並沒有押韻，但連同前一句一起看，還是一個押韻的對句。在這一景的結尾前，哈姆雷特看見挪威王福丁布拉的軍隊，他的心情極受影響，但他現在必須前往英國，等於離開了戲劇行動的中心；而莎士比亞為了使我們的注意力免於分散，他給了觀眾另一個期待的事件：流血的思想意味著尚未結束的行動。

《奧賽羅》，第一幕第三景：

伊亞哥：我有啦！這主意已經成了胎；〔地獄和黑夜將爲這世界帶來空前的罪惡。〕

（〔〕為作者所加）

即使對從沒讀過劇本的人而言，這也足以引起好奇心，在幾景之後（第五幕第一景），伊亞哥提到了這「黑夜」：

伊亞哥：我的失敗與成功，完全就在今夜中。

（第五幕第一景）

莎士比亞不停為觀眾設下更多誘因，在他的作品中，情節推演從不曾缺席。

這種在場景末運用押韻的對句來結尾的手法常見於伊莉莎白時

代的劇作家，它被視為一種普遍的用法，本身並不特殊，但在此的原則是，去檢視那些對句，並充分了解如何透過對句的運用達成情節推演，而一旦這樣做，你就會對這些劇本更為熟悉。

其他情節推演

劇本中充滿各種小事件以使我們保持興趣，而那些在情節推演中扮演要角的大事件則處理劇本的整個行動。在事件推演下，最大的阻力與拉扯遲早會出現，就像在《哈姆雷特》中，哈姆雷特遲早要與叔父克勞帝正面對決，而光是對這個場面的期待，就可以讓觀眾整晚坐著不動、繼續看下去。不論一齣戲的組成結構多有趣，如果它沒辦法讓觀眾期待最後的對峙場面，它就是一齣無聊的戲。

在最終場景之前，莎士比亞讓哈姆雷特與叔父的對峙差一點就要爆發，但最後卻讓哈姆雷特離場，留下叔父繼續禱告（第三幕第三景），就像他讓鬼魂差一點就要開口說話，但卻被公雞的啼叫打斷。而這一切都是為了在終場的對峙前，將觀眾的期待推到最高點。

在任何戲劇作品中，終場的對決總是最能吸引觀眾的部分。馬克白遲早都要面對自身罪惡，而觀眾必須要被引導、操縱來對此有所期待。

在《李爾王》中，觀眾知道埃德蒙與艾德加這兩兄弟最後一定會被迫在眾人面前揭露事實，而李爾王和克勞蒂亞也是。觀眾必須受情節推動，而想成為這一切的見證人。**只有在情節推演之中，一部製作的張力才能彰顯出來**，大多數不成功的製作都是毀在這個環節。

在一些情況裡，情節推演到最後卻沒有結果，觀眾的好奇心已經被挑起卻未被滿足，不過別誤會，劇作家可沒有作弊。在契訶夫（Chekhov）的《櫻桃園》（*The Cherry Orchard*）中，開場不久就有人亮槍，在那個時代有人亮槍就代表接下來戲中有槍戰可看，所以觀眾從槍出現當下就開始期待槍響，但可惜的是，在《櫻桃園》中，沒有人中槍。觀眾焦急等待著的，是不會發生的事件。（這就是當有人說「很契訶夫」[2]時，背後所代表的意思。）不過即使槍響並沒有發生，**情節推演的作用還是一樣**：契訶夫成功地讓觀眾屏氣凝神。

在《等待果陀》裡，佛拉第米爾與艾斯特拉岡期望果陀的出現，觀眾也與他們一起等待、一同期盼，但果陀卻始終未曾出現。儘管我們所期待的事情沒有發生，但同樣地，這被成功引出的期盼讓觀

【2】譯注：原文「很契訶夫」是作「Chekhovian」。

眾在整齣戲中都屏氣凝神。（當然，《等待果陀》現在已經是一齣名劇，所以當我們坐在觀眾席看戲時，已經知道果陀不會出現，那些當年的觀眾大概比我們幸運一點，他們全程都被戲劇張力緊緊抓住，當然也更不可能感到無聊。）

去看《伊底帕斯王》的觀眾在走進戲院前就知道主角的悲慘命運了，連當年去看索福克里斯首演的雅典人都知道。不像在《櫻桃園》中沒有發生的槍響；不像沒有到來的果陀，《伊底帕斯王》的觀眾對即將發生的結尾早就知悉且深信不疑，但觀眾期待的不只是看見已知的情節在眼前上演，還有伊底帕斯在終場面對悲劇的反應。當這個驕傲、自信、道德、快樂、幸運的男人與英雄發現這恐怖的事實，即那潛伏在他的床單之下與交叉路口的恐怖，他會怎麼做？如果沒辦法讓觀眾期待這點，那根本就不用做戲了。

在一九七〇年代美國經典情境喜劇《一家人》（*All in the Fam-*

ily）[3]中，被寫成獨斷論者、保守人士的亞契（Archie Bunker），於某一集打開家門向鄰居打招呼，這是他第一次見到鄰居，這一段落以身為白人的亞契發現鄰居竟然不是白人做收尾，而這段之後的廣告時間中，全美大概沒有幾個人在專心看廣告，他們都在期待亞契接下來會有什麼反應。不管是莎士比亞、索福克里斯、貝克特（Beckett）、契訶夫或《一家人》的編劇群，任何可以抓住觀眾的劇本，都一定充滿著情節推演的元素。

有時只要一句簡短台詞就可以做到情節推演，在《戀馬狂》（*Equus*）裡面，那位正前去拜訪病患小男孩做第一次治療的心理

【3】譯注：《一家人》是美國哥倫比亞廣播公司在一九七一年所推出的電視情境喜劇，主要諷刺種族問題，上述角色亞契是一位歧視黑人、反墮胎、反嬉皮的保守人士。

醫師說：「那個家裡有什麼宗教情結，在安息日那晚就能看得出來！」

看似一句不經意的台詞，卻使觀眾已經開始期待小男孩家中的場景，期待那個家裡會有什麼樣的宗教情結。透過全神貫注地蒐集線索，觀眾將可以得到一個好的戲劇場景，如果線索恰巧指向一個重要的事件，那就更加分了。

要研究情節推演，《戀馬狂》會是一個很好的例子，可以說它裡面滿滿的都是具有推動性的情節。從戲中第一個畫面開始，觀眾的好奇心就已經被勾起了，於是我們從剛走進戲院時的意興闌珊，轉而變得高度專注，任何一丁點線索都不放過。《戀馬狂》編劇彼得．謝弗（Peter Shaffer）是推演情節的高手，若在此劇中檢視情節推演的手法，你一定可以學到很多。

情節推演使我們能夠在劇場裡坐定，並注意劇作家認為重要的元素。先不管我有沒有說謊，如果我告訴你下一個章節中會有一則最好笑的英文笑話、一張很大尺度的色情圖片、一篇世界上最恐怖的吸血鬼故事、在劇場找工作的祕訣，以及一張我正在寫這本書的照片，你大概會很想要繼續讀下一章。

這就是情節推演。

本章重點：戲劇的張力需要靠觀衆的好奇心來創造，他們愈想知道接下來的劇情，代表他們愈參與其中。劇作家採用許多技巧——情節推演——來抓住觀衆的心，而這些技巧也是找出劇作中重要元素之關鍵。

10

缺席的人物（角色）

「那邊是誰？」

莎士比亞，《哈姆雷特》，第一幕第一景

角色的分析與發展在戲劇寫作中是很關鍵的一環，一些非戲劇寫作的方法也許可以幫助我們，但另一些卻招致無效的結果，反倒成了阻礙。

這是因為與其他文學不同，戲劇中的角色主要由行動（action）來建構，即所謂**一個人的實際作爲**（deeds），「deed」這個字本身代表的就是「真實」，而我們通常會認為是一個人的所作所為成就他這個人。在一些特殊條件底下，一個角色可以用別種方式來建構。（但我們接下來會看到，那是一種較危險的手法。）

在一個角色裡應該要能讓人看見性質、特徵、特質，換句話說，就是這個人能在眾多人中獨立出來的特殊性。

角色在面對「我是誰？」這樣的問題時，最簡單的回答是一個名字，就像當牙醫助理問道：「你是誰？」一樣，病人在這種情況下會回答自己的名字。但這個問題可以發展的空間簡直無窮無盡，病人在面對這個問題時，可以大書特書，一講就是幾個小時、幾天或幾個月。

在最低限度（一個名字）到最大限度（無盡的自我描述）之間，決定對「我是誰？」的答覆落在那個點上，就等於決定要提供多少關於一個角色的訊息。通常在非戲劇性的文類裡，會比戲劇提供更多的角色資訊，事實上，在劇本閱讀中，我們很難看見太多關於角色的資訊。例如，你跟任何一個泛泛之交大概都比任何一個人跟哈姆雷特還要熟，這種認識上的落差有一個顯而易見的原因，但它在戲劇寫作中時常被忽略，那就是：**我們在現實生活中找不到像哈姆雷特這種人**。

當然，現實生活中也不存在李爾王、威力·羅曼、伊底帕斯或是亞契，他們從不存在。他們在劇本中是以骨頭堆疊成的，以特定特徵建構出有限的存在。一個戲劇角色所包括的內容有限，因為**有一大**

部分對角色內容的詮釋是來自於演員。勞倫斯．奧立佛（Olivier）跟馬龍．白蘭度（Brando）演的哈姆雷特是絕對不會一樣的，即使兩個演員對角色的理解是一樣的，最後呈現在觀眾眼前也絕不會是一樣的，因為他們在現實是不同的人。

戲劇角色不是**眞實**的人。光從劇本無法從頭到尾地了解一個角色，而劇作家也不能給得太多，因為如果關於角色的資訊太多，演員在詮釋角色時就會有太多限制，劇作家必須為了演員而讓角色**留白**。這就是為什麼小說總寫得比劇本長，因為在小說裡不用為演員保留詮釋空間，所以我們知道很多關於亞哈[4]的事，我們也知道很多關於女偵探瑪波小姐[5]的事，但我們對伊底帕斯一無所知。**劇本只寫出**

【4】指《聖經》裡的亞哈。

【5】指英國偵探小說家阿嘉莎．克莉絲蒂（Agatha）作品中的角色。

骨架，並無法塑造出眞實的人。

好的劇作家會在有限的選項中挑出那些對的骨頭，組成一個獨一無二的角色。以劇作家寫出的骨架為基礎，演員再把角色詮釋為真實的人。

骨頭作為被精心選擇的角色特質，在劇本中一步步藉由角色之行動來展現。其他的一些手法只是表面上的作用，例如歌隊、說書人、透過獨白表現角色内心世界，或是突如其來的鋪陳（通常都很令人尷尬，像是：「如你所知，我是你誠實而又不實的雙胞胎兄弟。」），這些手法被用來製造特殊情境，但實際上很少提供什麼資訊，大多數關於角色的資訊還是由其行動來表現。但上述這些戲劇手法仍不應被忽略或低估，它們是對角色行動的輔助。

切記，所謂行動並非只是做做手勢或在台上跳上跳下，行動是一個角色為了達到目的（動機）而破除萬難（困難）的**所作所爲**。建立角色的第一步就是要找出(1)他想要什麼，(2)阻擋他的是什麼（困難），以及(3)他願意做什麼、願意犧牲什麼來得到想要的東西。（當然，你還要先幫角色取名字，決定他的年齡、性別、所處情況與本身狀態。舉例而言，哈姆雷特大概三十幾歲（我們在第五幕第一景就可以看見這條訊息），男性，貴為丹麥王子，並且正為父親服喪。即使是這麼清楚的資訊，還是會被某些人忽略；很多人忽略了哈姆雷特丹麥王子的身分，儘管從劇名就已經清楚提示；這些觀眾就無法意識到，哈姆雷特身為丹麥王子所要背負的許多自身與他人的期待，而這點對劇情卻是至關重要的。）

一旦最顯而易見的角色設定完成了，就可以進入角色的行動了。

我們都知道一個人所描述的不一定是真的，所以一個角色的自我陳述或是其他角色對他的敘述也不一定是真的，普羅涅斯這麼描述哈姆雷特：

普羅涅斯：（對國王與皇后）我還是把話說得簡單一些吧！你們的那位殿下是瘋了；我說他瘋了，因爲假如要說明什麼才是眞瘋，那麼除了說他瘋了以外，還有什麼話好說呢？……他瘋了，這是眞的。

（第二幕第二景）

畢竟普羅涅斯看見哈姆雷特是如何不堪地對待奧菲莉亞，當然會說他瘋了；而幾個世紀以來的讀者與劇評家也同意了，因為讀者很容易只注意到角色說了什麼，而沒注意到角色做了什麼，但是觀眾則注意角色的行動，簡而言之，劇本是為了觀眾而寫的。

在這裡角色做了什麼事呢？首先，哈姆雷特連襪子都沒穿好就去找奧菲莉亞講話，其目的就在於讓普羅涅斯認為他瘋了。而且事實證明哈姆雷特成功了，因為不只普羅涅斯買帳，世世代代的讀者與劇評也都買單，這些劇評跟羅珊克蘭茲、吉爾丹斯坦一樣被哈姆雷特耍得團團轉：

哈姆雷特：（對羅珊克蘭茲與吉爾丹斯坦）我近來不知爲了什麼緣故，一點興致都提不起來，什麼遊樂的事都懶得過問；在這一種抑鬱的心境之下，彷彿支載萬物的大地，這一座美好的框架，只是一個不毛的荒岬。

（第二幕第二景）

就像羅珊克蘭茲與吉爾丹斯坦一樣，許多人在這裡就被哈姆雷特說服了，不過可別忘了，哈姆雷特在前面就已經知道他們兩人是叔父派來的間諜，他絕對有理由欺騙他們，**而且他也這麼做了**。

自述不能被當成了解角色的客觀資訊，因為他們永遠都有理由誤導他人；他人對角色的描述也同樣不可靠，因為他們可能被誤導或欺騙。

劇本中各種描述的真實性都需要靠角色的實際作為來檢驗，檢驗只會出現兩種結果：行動證實描述的真實，或是行動揭發描述的虛假。

「行動／做了什麼」與「動機／爲什麼這麼做」

若要進行對描述的檢驗，角色**做了什麼**的行動與角色**爲什麼這麼做**的動機同樣重要。

哈姆雷特拿刀將一個手無寸鐵的老人刺死，這是「行動/**做了什麼**」，乍看之下哈姆雷特這樣的行為是殘忍不公的，但他**爲什麼這麼做**？為什麼他要殺害普羅涅斯？也許他以為躲在帷幕後面的人是克勞帝而不是普羅涅斯？如果是這樣，那這個行為還能被理解為殘忍不公嗎？讓我們做另一種猜想，即哈姆雷特知道帷幕後面的人是普羅涅斯，但哈姆雷特認為他參與了克勞帝的陰謀，於是決定痛下殺手。在這兩種不同的理解下，我們會對哈姆雷特產生不一樣的觀感。

我不會沒有原因地踢一隻狗，我喜歡狗，踢一隻狗不在我的「角色設定」內，但是我卻踢了一隻狗，這是否代表我不喜歡狗？不一定。「行動/做了什麼」：踢一隻狗。「動機/為什麼這麼做」：這是一隻患了狂犬病而且正在咬你脖子的狗，所以為了救你的性命，我只好冒著生命危險去踢這隻狗。

或是：我喜歡狗，但是不喜歡可愛的狗。我會踢可愛的狗。

「動機/為什麼這麼做」的改變會使我們對角色有不同的理解。

「表面的行動／動機」V.S.「眞正的行動／動機」

如果我們去思考一個角色表面的行動與眞正的行動有什麼差別，就會發現許多隱藏的資訊。克勞帝計劃將哈姆雷特送去英國，並在那裡將他殺害，不過表面看起來，是為了保護剛殺害普羅涅斯而身處險境的哈姆雷特才把他送出國的。

克　勞　帝：哈姆雷特，你幹出這種事來，使我非常痛心。爲了你自身的安全起見，你必須火速離開國境；所以快去自己預備預備；船已經整裝待發，風勢也很順利，同行的人都在等著你，一切都已準備好向英國出發。

哈姆雷特：到英國去！

克　勞　帝：是的，哈姆雷特。

哈姆雷特：好。

克　勞　帝：要是你明白我的用意，你應該知道這是爲了你的好處。

哈姆雷特：我看見一個明白你用意的天使。

（第四幕第三景）

哈姆雷特當然知道或至少懷疑過克勞帝這個善意舉動背後「真正的行動／動機」，不管在戲中還是現實生活，只要能夠發覺表面的與真正的行動之差異，我們就可以看透一個人。

總結來說，一個角色的開始與結束都在他的行動裡面互相呼應，行動不是被說出來而是被**演**出來的。在同時檢視行動與動機之後，再將表面的與真正的動機並列，這時一個角色就會活生生地浮現出來。

換句話說，劇本中的行動比台詞更能發揮作用。

但是這不代表台詞不重要，而是當它只是描述性的句子時，就沒什麼功能。如果你對我說：「聖誕快樂！」而我說：「我是一個又老又暴躁的傢伙，而且我討厭耶魯節！[6]」這裡就沒有什麼戲劇效果，因為我把關於自己的資訊**直接描述**出來了，觀眾反而聽過就忘了。如果改成：「聖誕快樂！」我對你大吼：「呸！胡說八道！」這樣一來，觀眾與你就是以行動來接收關於我的資訊，而且更令人印象深刻。

【6】譯注：耶魯節是聖誕節的前身，最早由古日耳曼人慶祝，接受基督教化後轉化為聖誕節。

主體性、角色變化與謎團

不管在現實中還是舞台上，行動都是表現角色特質的最好利器，而你必須自己在劇本中埋頭尋找，因為每個人解讀、閱讀行動的方式都不一樣，就像我也是透過**我的方式**在解讀眼前的你，要對角色做完全客觀的分析是不可能的。**角色建構必定有一部分與觀者相關，因爲我們永遠都是透過自己去看他人。**

因此，每個角色都包含很大的解讀空間。我們對劇情的看法可能不會有太大的不同，而劇中探討的主題在劇本裡也已經寫得很清楚，所以大概也不會有什麼歧見，但很少會看見兩個人對某個戲劇角色的理解一致，因為就像前面說過的，戲劇角色相對於真實的人來說，只是骨架，而人們觀看時總會加入自己的判斷。

不管怎麼說，一齣戲的成敗都要依靠好的角色解讀，所以必須小心別太快下結論。角色解讀中最常讓人落入陷阱的偏見就是：角色都會在戲中改變。但是我們別忘了，劇中人物能夠達到的改變其實與真實的人無異，如果不是這樣，那個角色也許就不逼真了。劇中人物改變的可能是他們的態度或做事方法，也可能是人格特質**看似**改變了；但通常會發生的其實是**情況**的改變，保持角色特質的不變而讓情況改變，其實也是一個相對來說更好、更有效、更簡單，或更能說服人的方式。

舉例來說，《李爾王》裡面的反派埃德蒙在劇末似乎突然「悔改」。

埃德蒙：我現在是最後的喘息著：我雖然秉性兇殘，但我還想做一件善事。

（第五幕第三景）

光從這裡來看，我們是否可以說埃德蒙這位計謀毀掉父親的惡人真正地改變了？難道他因為知道自己死期將至（第五幕），所以才突然改變了「秉性」嗎？

也許以下說法會更有說服力：打從一開始埃德蒙就一直渴望能夠與哥哥艾德加平起平坐，所以他開始計劃獲取大量領土，因為他認為艾德加所擁有的大片土地，是導致自己與兄長地位不平等的主要因素。但到第五幕時我們發現，艾德加受尊敬的原因不是土地，而是他的美德，於是現在埃德蒙只能靠**展現**美德來與艾德加齊頭了。在這樣的解讀中，埃德蒙的特質與渴望並沒有改變，他還是同一個角色，是情況的改變讓他有了不同的行動，但埃德蒙還是埃德蒙。

這裡可見一個完整的循環：看到一個角色，檢視他的動機，發現他的困難，他願意或將會做什麼事來克服困難。在故事裡，阻擋他的困難可能會改變，但整體而言動機不會改變。我們在現實中會嘗試很多不同的方法來達到目標，但那目標是不變的。

最後，即使在最好的角色建構中，角色的核心都是一個謎團。只有那些較差的戲劇家與心理學家才會想要洞悉全人類。**一個有著清楚布局、理性、完全可被解釋的角色是沒有說服力、無聊或根本不存在的**。你在現實生活中也找不到這樣的例子，哈姆雷特、李爾王、伊底帕斯將永遠是個謎團，**就像你我對彼此、對自身而言也永遠是個謎團**。而我們與米蒂亞（Medea）、浮士德（Faustus）、馬克白或大鼻子情聖（Cyrano）之間唯一的共通點就在這裡了，在這樣的共通點中，存在著人類的勇氣與脆弱。如果我們試圖將角色的謎團化約成簡單的公式，就等於把人化約為不完整的程式，這將無法創造出栩栩如生的角色，但為角色帶來生命卻正是戲劇要做的事。

沒有人能回答「我是誰？」這個問題，但當我們在形塑角色時（不管你是劇作家、設計、導演或演員），我們可以盡力抓住角色裡的任何一個碎片。記住，即使經過數十年的專業心理學訓練，我們依然無法更清楚地知道如何分析角色，最好的辦法就是去看角色的行爲。

盡全力去研究劇中人物，再加進演員的詮釋，角色因此完成。

本章重點： 角色是在其行為中展現，但即使在最好的劇作中，角色都只是骨架，因為角色必須由演員來完成。此外，角色是戲劇中最主觀的元素，因為每個人閱讀角色的方式都因自身天性而不同，而解讀角色最好的辦法就是透過他們的「行動」。

11

畫面

「用我的影像做一塊酒店招牌吧！」

《亨利六世》第二部，第三幕第二景

這世上有兩種信息。在哲學與科學領域幾乎只看得見第一種的使用，這裡的信息是將事物與現象在時間空間上一一做分割後，再對它們做獨立的描述。「她的臉部肌肉緊張，因而嘴唇從牙齒上掀起，牙齒的潔白與其肌膚的黝黑形成強烈對比。」這是如字典般精準的描述。我們來看看以下這段《美國傳統英語字典》（*American Heritage Dictionary*）中對月亮的介紹：

> 月亮：地球的天然衛星，因反射太陽光而爲肉眼可見，形狀爲稍微橢圓的球體，圓周最短約221,600哩、最長約252,950哩，平均直徑2,160哩，大小約是地球的八分之一，以太陽爲計算基準，其繞行地球的平均週期爲二十九天十二小時四十四分鐘。

第二種信息與第一種不同，它並不將事物在時間上做分割，而是試圖呈現一個集合，這個集合由眾多具有同質性的事物所組合，因而能夠呈現出此一集合的完滿與整體。相較於第一種信息，它不準確但卻比較誘人，而它恰巧是屬於藝術的領域。「她的微笑就像春季暴風雪中的日出。」或是，《仲夏夜之夢》的台詞：

提阿西斯：哎！我覺得這個舊月消瘦地多麼慢；她拖延著我的願望，好像是一個後母或寡婦。

（第一幕第一景）

兩種信息只是目的不同而沒有好壞之分，第一種所做的是**規定與限制**，第二種則是**擴張與引誘**。

第一種信息在乎的是它指向的描述對象，你在字典中找不到月亮，月亮本身是字典所描述的一個主題。但第二種信息則與畫面

（image）相關，它注重的是讀者對此描述的**反應**。我們可以用科學的方式來描述，「在一月凌晨四點鐘時穿過森林的月光」，但沒有字典可以定義人們對它的感覺，科學的描述可以呈現事物的準確細節，但卻無法定義事物的整體性，因為整體性還包括我們對其的感受與反應。整體性必然包含衆多不同的、誘人的部分，而畫面正作用於其中。

「她像隻麻雀般地走在她如同大象的丈夫身旁。」如果沒有畫面的幫助，我大概很難理解這句話中的所有元素。**所謂畫面，就是用我們已知的、容易描述的事物來形容、描繪、誇飾我們還不知道、不容易描述的事物**。若沒有畫面的幫助，我必須要使用很多描述詞彙、很多例子、很多分析才能形容我的鄰居是怎麼開車的，但只要一個畫面出現，它立即可以引發你對**已知事物的反應和感受**，並將這些感受轉化為一個簡單的句子：「你不會想要站在他開的車附近。」

「她像從地獄飛出來的蝙蝠一般離開她先生了。」每個人解讀這個畫面時（從地獄飛出來的蝙蝠）一定都會獲得不同的結論，這就是為什麼每個人對一件藝術品的感受都是獨一無二的。雖然我們好像很科學地在論述畫面，但在這裡作用的不是科學方法，科學追求精確定義，而不允許模糊地帶。**科學以整體性為代價而得到準確性；藝術以準確性為代價而得到整體性**。「她是廚藝界的鍊金術師。」在這句話裡得不到什麼精確的資訊，但它卻已經說了很多。你幾乎可以看見她站在那裡：怎麼煮飯、或怎麼在廚房工作的樣子，甚至連她的穿著都可以想像，然後你開始猜測她的性格，說不定還可以猜猜看她都煮什麼菜色。所有這些信息都包括在短短的一句話裡，而且解讀出來的內容因人而異。

畫面會壓縮內容：意即在很小的篇幅內提供很多的資訊；而資訊的豐富程度是被聽者的知覺與想像能力所決定的。在《哈姆雷特》第一幕第一景，伯納度正在描述何瑞修是如何不相信幻影的存在：

伯納度：雖然你一定不肯相信我們的故事，我們還是要把我們這兩夜
來所看見的情形再向你絮瀆一遍。

（第一幕第一景）

如果稍加注意就會發現這句話中的訊息，簡直像是西席．第密爾（Cecil B. DeMille）[7]他老人家親自出來導這場戲一樣，何瑞修的態度與伯納度的反應都被栩栩如生地表現出來。畫面總是與說話者身邊

【7】西席．第密爾（Cecil B.DeMille）是美國好萊塢從一九一〇至一九五〇年代的重量級導演，他的代表作包括早期的《矇騙》（*The Cheat*）與晚期的《戲王之王》（*The Greatest Show on Earth*）。

的情況相關，例如在《哈姆雷特》中，丹麥全國上下正為一場戰爭作準備，於是會出現武裝戰鬥的場景。

在上述句子裡，其效果就藏在「絮瀆」、「不肯相信」這樣的戰鬥字眼[8]中，而每個人順著不同聯想，對它們的反應都不一樣。

畫面的原初意義是視覺上的：例如鏡像、洞穴壁畫、或攝影作品，不管是哪類畫面，都屬於視覺的再現。但現在畫面一詞的意義已經超越視覺的限制，它可以是任何一個感官知覺的再現。

在劇作裡，特別是當你是在讀劇本時，這種再現通常表現在語句上，而讀者的任務是在閱讀中找到畫面。「他令人感到一陣噁心地進房了。」這是一個畫面，再現了我們的感知（噁心），它利用我們對

---

[8]「assail」、「fortified against」原始意義分別為「攻擊」、「防衛」，因此作者稱此為「戰鬥」字眼。

噁心已存在的感覺與印象來誘發出我們所不知道的事，即他是如何進房的。

哈姆雷特：人世間的一切在我看來是多麼可厭、陳腐、乏味而無聊！哼！哼！那是一個荒蕪不治的花園，長滿了惡毒的莠草。

（第一幕第二景）

這裡所再現的畫面：一個無人照管的花園，這是大部分人都可以理解且想像的（雖然因人而異），所以我們可以對它有所反應，而對此所產生的理性與感性之反應，則向我們揭示了哈姆雷特對世界的看法：**「荒蕪不治的花園」**、**「長滿了惡毒的莠草」**，在此我們情感上的聯想和感受與我們對文本智識上的理解一樣重要。（如果我在到處是綠地的鄉下長大，我對這個畫面的想像就會和在城市長大的你很不一樣。）

隨著一齣戲的進行，情感上的反應與聯想會不斷累加，而最終這些感受的堆疊會幫助觀眾**投入情感**，而不是只看懂劇情而已。**理解與情感經驗的同時運作是屬於藝術的領域**。

在哲學與科學領域則是不帶感情的理解，而且沒有個人情緒感受的參與。

理解與情緒感受可以同時透過畫面表達，有時只是支撐著一句台詞的瑣碎畫面，有時則是需要投以高度注意的主導畫面，例如田納西．威廉斯（Tennessee Williams）劇作裡頭的玻璃動物擺飾[9]。如果

【9】譯注：這裡指涉威廉斯一九四五年的作品《玻璃動物園》（*The Glass Menagerie*）。

要避免使劇作中的資訊平面化，就要試著讓劇中的畫面與觀衆對話。

劇名中的畫面

切記，作為讀者，你的任務是去發現一個畫面中你所熟悉的特質，並釐清畫面的主題。有一種畫面因為太顯眼了反而時常被忽略，它們就存在於劇作名稱中。

讓我們想想史特林堡（August Strindberg）的《死亡之舞》（*The Dance of Death*）。此劇已被搬演無數次，至今卻仍然無人好好研究一下劇名的意義，其實翻翻字典你就可以對整齣戲有一個比較清楚的概念，也比較不會對「神祕的史特林堡」感到困惑。死亡之舞是一種中世紀的舞蹈，在這個舞蹈當中，舞者們由於太投入於他們生動且複雜的舞步，而沒有發現他們正被死神帶領著，一路舞進自己的墳墓。只要稍加注意，就能發現死亡之舞即是本齣劇的核心行動。

在田納西．威廉斯的《玻璃動物園》（*The Glass Menagerie*）中，畫面呈現的是一組玻璃動物模型，精緻、脆弱、了無生氣，在角落積著灰塵。要探知這齣戲的性質，只要問問自己這樣的畫面使你聯想到什麼、有何感受。這樣做雖然不會得到嚴謹的案例分析，但是卻可以引出關於劇中人物最重要的特質。

你可能有讀過，甚至演過、導過、設計過亞瑟．米勒（**Arthur Miller**）的《熔爐》（*The Crucible*）[10]，但你可能沒有想過劇名跟戲本身到底有什麼關係，畢竟這是一齣關於女巫的戲。不過這裡就不提供線索了，去看劇本找出屬於你的答案吧。

【10】本劇目前最常見的翻譯是《薩勒米的女巫》，不過原文為「Crucible」，意為「熔爐」。

在易卜生的《群鬼》（*Ghosts*）中，沒有出現任何鬼，但死去的人卻依然徘徊在活人身邊。如果漏掉這點就無法理解這齣戲的重點。

現在讓我們看看《仲夏夜之夢》這個劇名，它會使人想到什麼？「仲夏夜」會讓人聯想到寒冷、危險、嚴肅、沮喪或深意嗎？還是完全相反？而夢又讓你想到什麼？夢是虛幻的，它們從未「真的發生」，但**感覺**卻非常真實。從這個角度切入去理解劇名，就可以指向此劇的核心。

關於夢的聯想對每個人來說都不同，而這正是其價值所在，一個好的藝術家並不要求集體一致的反應，而是一個獨一無二的反應。但在設計畫面時，我們還是要確定它不會指向**錯的**反應與聯想。如果田納西．威廉斯認為所有人都覺得貓很喜歡待在發燙的鐵皮屋頂上，那麼《熱鐵皮屋頂上的貓》（*Cat on a Hot Tin Roof*）就得換個名字了，但是他知道我們對這個劇名會有類似的聯想，儘管每個人可能看見不同的貓、帶著不同的表情，以不同的方式試圖從滾燙的鐵皮屋頂跳下來，但這已經足夠建立一個成功的畫面了。**一個營造成功的畫面，會使每個人在特定範圍內有完全不同的聯想**，而《鐵皮屋頂上的貓》就是其中一個。

劇名所隱含的資訊比想像中多，如果你對海鷗與野鴨這兩種生物一無所知，那在看《海鷗》（*The Seagull*）與《野鴨》（*The Wild Duck*）前先做一點功課吧。劇作家有時得花好幾天甚至好幾個月才能決定劇名，所以劇名通常是整個劇本中最經深思熟慮的部分了。**如果劇名中包含畫面，那就去找出它的指涉，去發現它如何呈現這齣戲的本質**。

在過去的某些家庭生活中，時間一到下午或傍晚，所有人的注意力就都放到了孩子身上，其他活動一切停擺，大人們花時間陪孩子唸故事、玩遊戲、準備牛奶與餅乾，這是孩子的時光，一段美好的、健康的、無邪的時光。詩人華滋華思（Henry Wadsworth Longfellow）曾描述這樣的時光：

我聽見樓上房間傳來的
小小腳步聲
房門打開的聲響
甜又軟的聲音

從我書房的燈光可見
在寬闊的樓梯上往下的
是端莊的愛麗絲與嬉笑著的艾莉嘉
還有金髮的伊蒂絲

先是耳語後是無聲
但我從那些調皮的眼睛知道
她們正一起打主意
要給我驚喜

美國劇作家莉莉安·海爾曼（Lillian Hellman）巧妙地利用人們對此畫面的聯想，將其劇本命名為《孩子的時間》（*The children's Hour*），以呈現諷刺性十足的效果。

別忽略劇名，它也許是你了解一齣戲的重要關鍵：想想《終局》（*Endgame*）、《毒藥與老婦》（*Arsenic and Old Lace*）、《墮落之後》（*After the Fall*）、《灰燼》（*Ashes*）、《蜜糖的滋味》（*A Taste of Honey*）、《生日派對》（*The Birthday Party*）、《暴風雨》（*The Tempest*）等等數不清的例子。

重複的畫面

劇名中看不見的畫面也同樣重要，而其重要性主要透過在整齣戲中的重複出現來表示。**別低估重複的力量**，在《仲夏夜之夢》此劇名中找不到月亮兩個字（雖然「仲夏夜」可能會引起這方面的聯想），但月亮的意象在劇中不斷出現、貫穿全劇。在第五幕中，一個角色甚至將月亮人格化，月亮一直出現，不過為什麼？這樣的畫面究竟透露了什麼劇中的行動？

當然我們很難一語道破在《仲夏夜之夢》裡面月亮究竟代表什麼，但至少有以下幾點可以思考：月光的性質是什麼？它如同陽光般炙熱、明亮嗎？它也像陽光一樣溫暖和煦嗎？它是黃色的嗎？以上皆非。它不像太陽一樣顯露真實的形狀，而是依光線變化而改變，月光是清冷的、柔美的、禁忌的，妖嬈而使人畏懼。它與陽光不同，它不是黃色的。月亮圓缺不定、有著奇怪的形狀會使人想到自然之幻象、改變、不確定等性質。

不過這些都還只是表面，讓想像力自由聯想，你可能還會想到浪漫、神祕、魔法、恐懼、距離、瘋狂等更多印象。當你進行愈多聯想，你就愈能抓住劇中錯綜複雜關於月亮的象徵。閱讀《仲夏夜之夢》時，不妨將有月亮出現的地方都標示起來，並去檢視這些象徵如何交織成一系列豐富的、誘人的元素。

那些沒有注意到月亮的讀者，等於是在黑暗中讀完這個劇本，而由這些讀者來製作的《仲夏夜之夢》就將會是一場大災難，沒有月亮的《仲夏夜之夢》就像是沒有太陽的白日，或是在沒有星星的夜裡迷路。

不管劇作中出現的畫面是重要如仲夏夜裡的月亮，還是瑣細如「作者使用葡萄汁作為墨水，而不是使用葡萄酒」，畫面所擴大的訊息都會超越它自身。畫面所乘載的東西可以被理性理解，同時也可以引起感性感受；畫面所觸發的聯想可以是事實或只是概念；畫面提供個體獨一無二的訊息，因為每個人對同一個畫面都有不同的反應。畫面不是裝飾品，它是穩固的基石。

本章重點：畫面是什麼？透過畫面，我們可將已知的事物推演到其他未知的事物上。「馬文走路像駱駝。」用已知的事情（駱駝怎麼走路）來描述未知的事情（馬文怎麼走路）。我們利用畫面來誘導與擴展，而不是規定與限制，畫面召喚出因人而異、與眾不同的聯想，為個體提供獨一無二的信息。

12

主題

「……這淺薄無聊的主題，其結果不過是個夢。」

莎士比亞，《仲夏夜之夢》，第五幕第一景

野心、復仇、愛、命運、貪婪、嫉恨、親子、正義、信仰等等都是抽象觀念。

劇作的主題（theme）也是一個抽象觀念，用以表達一齣戲是「關於什麼」。許多劇作家不喜歡討論他們劇作中的主題，隨便問一個劇作家，「你的戲在演什麼？」他會回答：「演兩個半小時。」主題是抽象的，但作家關心的卻是具體的東西，他們不喜歡回答與主題有關的問題。許多年輕人對戲劇與詩卻步，就是因為教師總是告訴他們，讀詩或讀劇作的目的是找出其「意義」，好像詩句跟劇作是什麼需要解開的難題般，但就像詩人麥列許（Archibald MacLeish）在其著作《詩的藝術》（*Ars Poetica*）中所寫的一樣：

一首詩沒有意思
只是如其所是。

要了解詩作與劇作的意義，絕**不能**從探詢主題開始，一個劇作**沒有意思**，它不過是**如其所是**，藝術表達之意義只在其自身之中，它不是能夠被解碼、翻譯的東西。

某些戲劇中的元素可能是從一個行動衍生出來的抽象概念，例如《哈姆雷特》的其中一個主題是復仇，但這並不代表整齣戲都是在研究、檢視、剖析復仇這件事，而是以復仇作為一個抽象概念，在此劇中獲得具體的展現。

《馬克白》不是一篇討論野心的學術論文，而是一齣包含野心這個主題的劇作，我們還可以在其中找到其他主題，包括權力、愧疚等等。

《李爾王》也包含權力的主題，另外還談到親子關係、瘋狂等等，可以說，莎士比亞關心每一位角色的任何事情。

如果一個劇作家有遠見與深度，那麼劇作的主題自然會是重要的，反之，不好的主題將無法成為思想和情感的糧食，只會流於話題。

不管怎麼樣，主題指的不是一齣戲的意義或目的。

撰寫劇本時，一個常見的嚴重錯誤就是把主題放在優先位置，而忽略其他更重要的元素。若沒有事件與情節，《李爾王》的主題不會出來，如果你不仔細檢視此劇的前七行台詞，那你可能會以為第一景就只是劃分國土的戲，而這個錯誤將會誤導你對整齣戲的了解，最後錯失真正的主題。（請見第八章）

主題只存在於**結果**，所以要將它放在**最後**。先注意劇中的行動、角色性格、畫面與其他部分，不知不覺中，主題就會自己浮現。鬼魂在第一幕第五景時告訴了哈姆雷特那可怕的事實，從那時起，讀者就不會忽略他復仇的動機，而復仇的主題因此浮現。

主題不能是先於情節而強加於劇作之上的，如果演出時，劇組還得在宣傳海報上印一些關於主題的解釋文字，代表你可能失敗了。我們可能會在《愛的徒勞》（*Love's Labor's Lost*）的海報上看見愛心；《等待果陀》的海報上看見沒有指針的時鐘；《伊底帕斯王》的海報上看見一根白色的手杖，但如果觀眾需要被告知那些東西，才能夠理解劇作的主題，那麼你的舞台搬演一定缺少了一些必要的元素。

在進行分析性閱讀時，可以隨手記下你在劇本中看見的所有主題，有些劇本包含許多主題，但不會每一個主題都同等重要，這些筆記會幫助你找出劇本中所探討的抽象概念（但切記別被困在這些概念釐清中）。別試著以主題去簡化藝術作品，劇作本身與觀眾之間沒有距離，不需靠主題去中介，此外，主題只有**透過**戲劇性才能呈現出來。

再者，也別將戲劇當成哲學，任何一個中等程度的高中生一定都能理解《哈姆雷特》與《伊底帕斯王》，所以別將你自身（或借來）的思維方式投射到深刻而淺顯的作品中，這只能讓你自溺，但無法得到其他人的共鳴。

如果你在劇作中「找到」了不透過行動或主要**戲劇性**元素所傳達的主題，那麼這就是被強加上去的，有些人不信邪，還是試圖要用這種方式為劇本加入主題，這樣的劇本就是被沒有根基、強加的主題所包裹。根基正是本書所一直強調的主要觀念。

只有透過戲劇性的元素，主題才能被展現，例如行動、角色、畫面等等。隱藏的細節或讀者對劇本的自行揣測經常會干擾閱讀、改變劇作本身的樣子，這個問題很常見於年輕而充滿熱忱（或不那麼年輕）的導演，他們有時試圖在沒有根據的情況下，為劇本加上一些「有趣」的主題。

劇作本身應該要先於它所包括的主題，不可能有相反的情況。

本章重點：主題是由劇作中的行動所具體呈現的抽象概念，主題並非意義或意思，它只是個劇中的題材。主題是劇作的結果，它會從劇本中自然浮現，所以先熟悉劇本的基本元素，最後再檢視主題。

第三部

技巧

13

背景資料

各種可取得的資訊都是有用的：作者的背景、時代背景、劇本出版時的藝術環境等等，而其中最有用的資訊，就是來自同一位作者的其他作品。舉例來說，如果你正在搬演《威尼斯商人》卻不熟悉莎士比亞的其他劇本，你會錯過貝而蒙和威尼斯的關係，而這個關係明顯地以不同形式重複出現在《皆大歡喜》（*As You Like It*）、《仲夏夜之夢》、《暴風雨》、《維洛那二紳士》（*Two Gentlement of Verona*），這幾個劇本幾乎橫跨了莎士比亞整個創作生涯。

如果你搬演約翰．史坦貝克（John Steinbeck）的《人鼠之間》（*Of Mice and Men*），有個陷阱正等著你：把科里的太太詮釋為一個輕浮的蕩婦（就如同那些工地男孩眼中的她）。有多少沒做功課的導演，像那些工地男孩般一樣遲鈍，要求那些同樣沒做功課、相信你卻感到不安的女演員掉入這個陷阱？多讀幾本史坦貝克的小說，就會發現他如何去看待人性，而這正是他所有作品的核心。科里的太太不是個追求露水姻緣、喜歡製造麻煩的蕩婦，她只是感到寂寞，並使用她唯一知道的方式尋求陪伴。

如果你是一個誠懇並追求卓越的藝術家，你應該去讀遍所有你的作者寫的東西。多走幾步路、不漏掉任何蛛絲馬跡，因為你永遠不知道你能找到多麼珍貴的線索去幫助你了解他的作品。這是個很大的工程，而且不會有人拿槍指著你，強迫你去做，但如果為了效率、節省力氣卻只完成了一個平庸的作品，那還不如不要做。

14

相信劇作家

假設劇本有更深遠的意義，假設作者知道他或她自己在做什麼。如果你相信劇本是可以被搬上舞台的，那就相信劇本的作者。如果一遇到困難就修改或刪減劇本，你可能會錯失某些重要的部分。

在《哈姆雷特》中一個七十五行的對話段落常常被刪減，因為那個段落看似與情節毫不相關。但「看似」並不等於真的了解。假設莎士比亞知道他為什麼想要這麼做。那個常常被刪去的段落緊接在第一幕第五景鬼魂述說關於他被謀殺的傳言之後，也跟普羅涅斯對雷納爾度的指示直接相關，而這時，雷納爾度正在前往巴黎監視雷爾提的路上（第二幕第一景）。

許多導演太輕易地放棄尋找這一段落的重點。也許是因為雷納爾度沒有再度出現在這齣劇當中，他們假設莎士比亞寫這一段只是為了還他一個失業夥伴的人情。所以那一段在許多製作中消失了，但讓這段消失的後果是沉重的。

失去了這一段，普羅涅斯僅僅只是個老態龍鍾、毫無威脅的老傻瓜。事實上，大部分沒有看見雷納爾度這個段落重要性的讀者，的確認定普羅涅斯**就是**個老態龍鍾的傻瓜。但那七十五行透露了普羅涅斯是一個專業、無情的間諜，他相當有能力而且聰明，雖然他時不時喋喋不休，但他還是有一股被他慎重使用的勢力。

哈姆雷特最後還是殺了普羅涅斯。他殺的是一個毫無威脅的老傻瓜嗎？還是一個詭計多端的老練特務？如果只是一個傻瓜，觀眾對哈姆雷特的感受會突然失去一致性，尤其是當哈姆雷特對這場成功的殺戮竟感到如此得意。

改變或刪減劇本的合理理由確實存在，但要確定你不是正在犯錯。要說服自己，粗心刪節劇本會有很大的危險，要去發現在《哈姆雷特》中刺探的意義，找到刺探的所有例子。很少讀者會發現，刺探是劇本中最常見的行動，幾乎所有人都在想辦法刺探別人，甚至連鬼魂也是。所以在你要刪節那七十五行的台詞之前，多想幾遍，那些段落與劇本的關係比你跟劇本的關係來得深刻。

15

家庭

風俗習慣、流行、政治、法律、品味，以及所有其他東西幾乎都會隨著時間不斷改變。但我們知道有件事不太會改變：就是家庭成員中的關係。任何一個在強調家庭價值環境中長大的人，都可以很容易地理解幾乎任何戲劇中人與人的關係，很簡單，只要看看你身邊的普通家庭就好了。

從最重要的層次來說，《哈姆雷特》是一個關於兒子、父親、母親、女朋友、叔叔的故事。《李爾王》的劇情則是關於一個父親和他的三個女兒，以及另一個父親和他的兩個兒子。將你與父親、兒子、母親、女兒相關的個人經驗所得帶入劇本中，你就能理解劇本內的主要動能（dynamic）。了解一個丈夫對其妻子的愛、一個兒子對其父母的愛，比了解古典希臘的倫理道德，更有助於你理解《伊底帕斯王》這樣的劇本。

對觀衆來說是同樣的道理，相較於理解其他各式各樣的人類行為，家庭成員中的關係更容易理解。如果《李爾王》僅僅是一個國王和三個公主的故事，這齣戲與觀眾之間的情感連結將不會這麼深刻。

家庭關係幾乎是所有戲劇的核心，或至少接近核心。不要忽略這個高超的技巧，這能幫助你更理解劇本，也讓觀眾覺得跟劇本的關係很接近。

16

概說：情緒、氛圍

也許是因為舞台設計必須幫助營造情緒，他們通常被鼓勵要為了「氛圍」而閱讀劇本。幾乎沒有什麼比這件事更糟了。一齣戲就像人生，是透過許多細節組成。氛圍是一個大概的**結果**（result），是由許多細節組合而成的**成果**（consquence）。找出那些細節，氛圍自然就會出現。若是從氛圍出發，細節就會被永遠埋葬。

情緒也同樣被誤解了。

沒有一個觀眾會這麼無聊，只是為了情緒和氛圍去閱讀四個小時悲傷版的《哈姆雷特》，即便是為了藝術也一樣。

17

特殊元素

劇作家很少會只是創造一個常見於日常生活中的角色。相反地，在劇本的前段會有些日常之外的事情發生，而這些事情導致生活產生日常之外的轉變，這個劇本就會接著那個轉變展開。

在《哈姆雷特》中，那個特殊的元素很明顯：從未來過的鬼魂到來，即開始了一連串之前從來沒有發生過的事情。在《伊底帕斯王》中，則是一場史無前例的鼠疫發生，且一發不可收拾。《偽君子》（*Tartuffe*）中的特殊元素則沒有這麼明顯，劇中的特殊元素並不是塔杜夫的出現，他一直都存在於劇本的日常當中，而是塔杜夫在特定時間做出的特別行為，但你必須找出那是什麼。《等待果陀》中的特殊元素是細微且幾乎不可見的，但這個特殊元素確實存在。一個導演若是不能找到那個特殊元素，便不能將第一幕與第二幕的差別呈現出來。

有時候這個特殊元素是一些事物的集合，有時候則是「最後一根稻草」所導致的效應，表示某些事情已經發生一段時間，但現在終於超過了某種界線。

特殊元素通常與打破靜止狀態的擾動有關（詳見第四章）。有時，特殊元素就是擾動本身（如《哈姆雷特》），但不全然如此。在《李爾王》中，特殊元素是李爾王從未劃分過他的王國，而其中的擾動是，寇蒂莉亞只願意說一句話，**「我沒有什麼話說，父親。」**

特殊元素揭露戲劇事件發生的時間，為何不是昨天、上星期、或明年，而是特定的那一天。它傳達出戲劇行動在時間上的特殊性。

真實人生之所以看起來真實的一個原因，就是我們總是能注意特定的當下。即便當我們從事著許多重複的行動，我們依然能夠清楚分辨這個時刻和其他時刻的差異。**人類這種生物專注於「現在」**。這個特別的現在必須是舞台上所描繪的生命的一部分，否則那個生命就會看起來不完整、模糊、概略、不真實。要理解是什麼讓一齣戲的生命在那個時間是特別的，也要知道為什麼那個行動是獨特的。

18

時代更迭

即便是那些偉大的劇作家，也不會為了時代（ages）而創作。他們是為了特定的觀眾、在特定的時間點寫下劇本。某些戲作是到一段時間之後才向觀眾證明了其戲劇性，但有一個需要注意的問題是，觀眾所處的時代，也就是說，觀眾不可能永遠都是同一批人。

舉例來說，二十世紀的美國人總是將《哈姆雷特》當作是伊麗莎白英國時期的作品：演員穿著伊麗莎白時期的服裝，所詮釋的角色行為舉止也像是個英國人。但莎士比亞卻是將故事設定在丹麥，他知道一六〇一年時倫敦的觀眾對於丹麥人的特定想法和感覺。現代的美國人並不同樣擁有這樣的想法和感覺，他們甚至沒有注意到這些。

一六〇一年，莎士比亞的倫敦人有理由認為丹麥是個可怕的地方，居住著好戰、嗜血的野人。倫敦人知道幾個世紀以前的丹麥人，曾經航行於泰晤士河並且燒毀了倫敦大橋，因此有〈倫敦大橋垮下來〉（*London Bridge Is Falling Down*）這首童謠。即使到了十六世紀，丹麥人依然經常到英國海岸攻擊孤立的村落，殺害、強暴、掠奪，之後便消失於海上。在伊麗莎白時期，丹麥代表著摧毀、野蠻以及恐怖。

莎士比亞就是將哈姆雷特設置在那樣的世界。戲劇中的主要衝突非常清楚：一個內省自制與深思熟慮的**個人**，要對抗衝動浮躁與專制嗜血的**社會**。這個衝突部分解釋了哈姆雷特行動的「無能為力」，不同於現代心理學理論中，以性格上的憂鬱來解釋王子的無作為。

或許是出於巧合，自《哈姆雷特》首演過後的一百年，人們才開始發現王子的「不行動」，就差不多在那個時候，英國人對丹麥血腥而殘忍的印象已褪去。

面對每一個和你所在時空不同的劇本時，**試著去思考當時的觀眾會想些什麼，以及會對劇本中描繪的世界有著怎樣的感受**。有時候這需要做很多的研究功課，但結果一定值得你所付出的努力。

不要混淆劇中的世界（例如丹麥）和這齣戲第一次被搬演的時空（一六〇一年的倫敦）。通常它們會有一些相同點，但更多的是差異。《伊底帕斯王》並不會發生在處於聯邦體制、重視公民的古代雅典。這齣戲的景色不應該是對稱的，建築也不是純粹和平衡的，其中的戲服也不應該反映出西元前五世紀黃金時代的希臘，因《伊底帕斯王》的背景並不是設定在處於高度文明的雅典。索福克里斯將這齣戲設定在底比斯，比西元前五世紀還要更早。索福克里斯的雅典觀眾對早期的底比斯存有特殊的見解：他們認為底比斯留有一種古代原始的遺風，並不像「現代」雅典般開明。雅典與早期底比斯之間的差異可以幫助理解這整齣戲的行動。

因此，現代的製作必須花費比原本的製作所需要的時間還要長的時間去完成。我們可能需要幫助我們的觀衆去理解早期的底比斯是什麼樣子，而這是雅典人早已知道的事，優秀的服裝設計與舞台設計正可以為此提供基礎，以製作出符合最初樣貌的戲劇。

觀眾對於劇中世界的反應隨著時代變動，找到這些變動並隨之調整整齣戲，否則你也許會失去整部戲。還有比將《哈姆雷特》塞進優雅的英國皇室更直接閹割這部戲的方式嗎？莎士比亞的製作也許很英國，但那是因為他的觀眾具有對丹麥人天性的強烈意識，但我們的觀眾並沒有。

19

高潮

在劇本的後段，劇中相互抗衡的勢力形成衝突，最終會再恢復平衡。不論該平衡是回到劇本一開始的狀態，或者是一個全新的情勢。

許多讀者認為劇本的整體樣貌是一條起伏的曲線，一步步逐漸升高地緊張直至高潮，接著緊張狀態瞬間解除，回到最後的靜止狀態。

20

開場／結尾

每部劇的結尾（介於高潮與謝幕之間的段落）由於是一個靜止狀態，可以視為是另一齣新劇的開頭，因為所有劇都是由「靜止」而開始的。相同地，每一部劇的開頭也可以是另一部劇的結尾。這很容易想像，《哈姆雷特》一開場的靜止狀態可以是其他劇作的結尾，而《伊底帕斯王》的結尾，事實上非常有可能在幾年後成為索福克里斯另一齣劇的開場。

謹慎的讀者可能會注意並猜測一齣戲的結尾會成為哪一齣戲的開頭，而遵守最後一幕為靜止狀態的劇作。如此一來，就可以用較大的世界觀來檢視劇中的行動，而不只是一連串的不相關事件。

21

重讀

只讀過一次劇本，只能窺其皮毛而已。既然已經了解劇本分析的技巧，那麼你就應該知道，對同一部劇本的多次閱讀是必要的。千萬不要只讀過一、兩次劇本，就一派輕鬆地跑去進行第一次排練或是召開討論會議。這就好像在冰面上學開車，同時朝著懸崖一路滑行一般可怕。

劇本裡的文字就是寫來大聲演出的。因此，在進行排練或是會議前，應該先大聲朗讀劇本。

22

接下來呢？

透過分析閱讀技術，你對劇本已經有一套詳細且有效的理解。那麼接下來呢？

接下來，就是將你從閱讀劇本中所發現的東西，配合你費盡心思所習得的劇場實務及藝術，一起呈現給觀眾。一個謹慎閱讀劇本的設計，會看出《李爾王》第一幕不是一場測試，而是一場公開展示，同時他們腦中也浮現了展場該有的樣子，以及展示者該穿什麼樣的服裝。演出《哈姆雷特》第一幕第五景之鬼魂的演員，會知道他可以採用很低調的表演方式，因為哈姆雷特跟觀眾在這一幕均會全神貫注。導演透過分析技巧可以發現，《伊底帕斯王》裡面的行動都是因瘟疫而起，當殺手的身分被揭露後，瘟疫也就隨之停止，因此，導演不會誤解了這齣戲的重點，更重要的是，觀眾也不會得到錯誤的解讀。

如果你對一個劇本的解讀夠深，就能夠發現劇作家藏於劇本中的工具、武器、方法、優點（以及缺點），如此一來（而且**唯有如此**——我以我祖先的靈魂發誓），你才能夠將你所受過的劇場相關訓練、美術、技術以及才華應用在這齣劇上。如果想走其他的捷徑，將會削弱劇本原有的戲劇強度，使你的舞台呈現不如預期。

把劇本想成是一個工具，在你使用它之前，先確定清楚，哪邊是刀柄？哪邊是刀鋒？否則你可能會先在自己的脖子抹上一道。

好的閱讀是第一要點，你應該來來回回地反覆閱讀，只有最笨的讀者，才會傻傻地從頭讀到最後。

劇本筆記：讀劇必修的22堂課

BACKWARDS AND FORWARDS: A TECHNICAL MANUAL FOR READING PLAYS

作　　者　大衛鮑爾（David Ball）
譯　　者　莊丹琪
企劃主編　張毓芬
責任編輯　許馨尹
封面設計　吳雅惠
出 版 者　五南圖書出版股份有限公司
發 行 人　楊榮川
總 經 理　楊士清
總 編 輯　楊秀麗
地　　址　106臺北市大安區和平東路二段339號4樓
電　　話　(02)2705-5066
傳　　真　(02)2706-6100
網　　址　https://www.wunan.com.tw
電子郵件　wunan@wunan.com.tw
劃撥帳號　01068953
戶　　名　五南圖書出版股份有限公司
法律顧問　林勝安律師
出版日期　2017年 6 月初版一刷
　　　　　2024年 9 月初版四刷
定　　價　新臺幣320元

國家圖書館出版品預行編目資料

劇本筆記：讀劇必修的22堂課／大衛.鮑爾(David Ball)著；莊丹琪譯. -- 初版. -- 臺北市：五南圖書出版股份有限公司, 2017.06
面；　公分
譯自：Backwards and forwards: a technical manual for reading plays
ISBN 978-957-11-9109-6（平裝）

1.戲劇劇本　2.寫作法　3.閱讀指導

812.3　　　106003689